LIBERTAD DE MOVIMIENTO

ANTONIO SKÁRMETA

LIBERTAD DE MOVIMIENTO

SUDAMERICANA

Libertad de movimiento
Primera edición: octubre de 2015
Segunda edición: marzo de 2016

© 2015, Antonio Skármeta
© 2015, Penguin Random House Grupo Editorial, S.A.
Merced 280, piso 6, Santiago de Chile
Teléfono: 22782 8200
www.megustaleer.cl

Printed in Chile - Impreso en Chile

ISBN: 978-956-262-474-9
Registro de Propiedad Intelectual: 256.485

Diseño de portada: Amalia Ruiz Jeria
Diagramación y composición: Alexei Alikin
Impreso en A Impresores S.A.

Penguin
Random House
Grupo Editorial

CUANDO CUMPLAS VEINTIÚN AÑOS

Al volver del colegio, su madre ya había hecho las maletas. No quedaba nada en las paredes del cuarto, salvo un calendario con la imagen de Cristo donde se le veía el corazón granate bajo un rayo de luz que caía flanqueado por dos ángeles rubicundos.

Su hermana comenzó a llorar.

—¿Qué pasa? —preguntó.

—Nos vamos a Chile.

—¿Cuándo? —dijo fúnebre.

—Mañana mismo —dijo la madre.

—Yo no me voy.

—Cuando cumplas veintiún años tendrás la libertad de hacer lo que se te dé la gana. Pero para ese melancólico momento te faltan aún nueve años. Dile a tu profesor que te adelante un día el certificado de la escuela.

—Imposible. Para la fiesta de fin de curso tengo que decir un poema patriótico.

—¿Sobre qué tema?

—El general San Martín.

—Al general San Martín no le va ni le viene que le reciten poemas. Además nos vamos a Chile, y el general San Martín luchó también por la libertad de Chile. Le va a fascinar si se entera de que tu padre vuelve para allá.

*

Al llegar a la casa de Carlos Enrique, su mejor amigo, le bajó el volumen a la televisión donde veía el *hit parade*.

—Nos vamos a Chile —dijo.

—¿Cuándo?

—Mañana.

El muchacho cerró con llave la puerta de su pieza.

—¡Estás loco! El domingo jugamos contra Avellaneda y no hay nadie que pueda reemplazarte en el arco.

—Sí, lo sé.

No solo lo iban a desgajar del nutricio árbol en que había crecido con las mejillas tersas y rojas en Buenos Aires, sino que exponía con su destino fatal al equipo del barrio a otra derrota frente a los pedantes de Avellaneda. Hacía dos meses habían jugado de visitantes contra ellos y, ante el escarnio general, habían perdido dieciséis a cero. Cuando le contó el resultado a su padre, este solo atinó a preguntarle si el partido había sido de fútbol o básquetbol.

—¿Qué hago? —suspiró.

—¡Tienes que quedarte!

—¿Pero dónde?

—Conmigo. Eres mi mejor amigo. Te quedas en mi pieza.

—¿Y qué va a decir tu mamá?

La señora Lucía era una mujer elegante que el joven incluía en sus sueños prohibidos junto a la hermana de Carlos Enrique.

Usaba vestidos de seda, muy leves, y aun sin tocarla se podía sentir la delicia de su piel. Tenía ojos marrones y una mirada larga y lenta que se quedaba prendida en los ojos de los hombres no menos de tres minutos después de emitir una frase. El muchacho vivía bajo su hipnosis. Hubiera querido ser un tipo de veintiún años con bigote, hablarle ronco al oído y llevarla a una playa como esas de película y que la ola furiosa empapara la tela de su blusa mientras él la besaba.

*

La mujer leía un libro sobre el sofá del living y, antes de hablarle, lo inundó con sus ojos y el chico cayó en trance. Miró dramático hacia sus rodillas sucias de barro.

—Mis padres parten mañana.

—¿A dónde?

—A Chile.

La mujer puso un indicador de cuero entre las páginas y dejó caer el libro sobre la alfombra.

—¿Así que te vas, Chilenito? ¡Y yo que había soñado verte algún día grande y con bigote!

Un maremoto, un ciclón, un vendaval, una catástrofe roja le subió desde las uñas de los pies hasta el jopo disciplinado por la gomina de su madre. ¿Por qué había dicho esa frase? ¿Entonces sus sueños no eran secretos? ¿Había algún lugar donde sus fantasías quedaban grabadas en un televisor?

—Te pusiste rojo, che —dijo la mujer con melancólica displicencia.

Esa misma semana le habían enseñado en la escuela la palabra eufemismo. Era un mortal eufemismo el que le había aplicado. ¿El rojo? ¡No! ¡Carmesí, granate, ígneo, achicharrado, febril, caliginoso!

—No quiero que se vaya —rogó Carlos Enrique.

—¿Y qué puedo hacer yo para impedirlo?

—Hable con su mamá y dígale que se puede quedar con nosotros.

—¡Robarle a su madre un hijo tan bien peinado y justo ahora que la familia vuelve a Chile!

El joven hundió la vista en sus zapatones y deseó que fueran ataúdes para hundirse en ellos. La madre mordió levemente la punta del marcador de cuero.

*.

Volvió taciturno a casa, y ya lo esperaba su sopa cubierta con un plato para que no se enfriara. La tomó y la vació de vuelta en la olla sin probarla. El padre le hizo un gesto a su mujer de que no interviniera.

Al día siguiente lo acompañó hasta la esquina.

—Es el último día que usas uniforme —le dijo al despedirse—. A ver si se lo regalas a un chico pobre de un curso inferior.

El profesor Bottelli no tuvo inconveniente en anticiparle el certificado de graduación. Cuando supo que iba a Chile, le palmoteó el hombro con entusiasmo.

—Hombre, allá tienen un poeta formidable. Se llama Neruda. No te va a faltar material para aprender versos de memoria.

Su futura, inminente ausencia, no parecía inquietar ni a los colegiales ni a los profesores. La escuela seguiría ahí, sin él; otro alumno recitaría poemas patrióticos en julio y mayo, odas alusivas a la primavera en septiembre, y el profesor

Bottelli silbaría levemente los mismos tangos en los recreos, fumando despacio bajo los rayos otoñales del sol.

Le confidenció su lúgubre observación al patrón de la frutería despúes de anunciarle que ya no volvería más al trabajo. Compartieron gajo a gajo una naranja sobre la cual se habían prendido las gotas de una breve lluvia. Después, el hombre secó sus dos manos napolitanas en el mismo delantal, tomó las del muchacho y le dijo:

—Así *es el mondo. Porco.* Ingrato. *Semos* y no *semos* y al final no *semos* nada.

—No *somos* nada —corrigió el chico.

—No *semos* casi nada —precisó el frutero.

A pesar de que sus padres lo llamaban a gritos, se sentó en la cuneta frente a su casa ansiando que el hambre del ayuno mitigara el otro dolor. Hasta allí peregrinaron los chicos del barrio. El primero, Carlos Enrique, con un libro que debería leer en el tren, *La historia secreta de River Plate*. Le hizo entrega además de un obsequio de su madre: *Rimas*, por Gustavo Adolfo Bécquer. Luego vinieron los hermanos Santos, de Santiago del Estero, que comentaban «a la pucha» ante cualquier noticia, fuera mala, regular, buena o pésima, y quienes traían una caja de chocolates Aero. El Chileno agradeció con modestia los obsequios y repartió los confites entre todos, pero él mismo se abstuvo de comer. Los otros mascaron las golosinas como si oyeran una música secreta. El mayor de los Santos dijo:

—Así que te vas a Chile.

—Me *llevan* a Chile.

—¡A la pucha!

Al oscurecer prepararon una fogata en el sitio baldío y recordaron sus exitosas guerrillas contra muchachos de otros barrios.

Cuando la noche apretó, las madres comenzaron a llamar a los chicos y el grupo se fue desgajando. Se separaron estrechándose las manos y se dijeron «hasta la vista», aunque el Chileno intuyó que sería un adiós definitivo. Quedó solo con Carlos Enrique. De las casas vecinas comenzó a desprenderse el olor y el humo de las parrilladas. El joven sintió que estaba a punto de desmayarse de hambre y puso su cabeza contra el muro con la vista clavada en la luna. Entonces vino hasta el potrero la hermana de Carlos Enrique, la Lucía Alejandra, vestida con una blusa de seda azul, los labios encendidos de rouge, una flor blanca en la oreja y la cintura mareadora.

—Dice mamá que vayás a comer.

—Te pintaste los labios —dijo el Chileno.

—¿Te molesta?

—Así va a ser como te voy a recordar toda la vida. Con los labios rojos y tu flor en la oreja.

—Sabés hablar lindo, Chileno. Lástima que no tengás veintiún años. Los tipos de esa edad me vuelven loca.

El hambre le produjo una audacia de esas que un estómago lleno controla hasta estrangularla. Ni siquiera se puso rojo cuando le dijo, delante de su propio hermano:

—¿Sabes que cuando duermo sueño que te beso en la boca?

Lucía Alejandra se cambió la flor de oreja y, apoyándose contra el muro, echó adelante las caderas.

—Sos cochino —dijo.

—Bueno, che —dijo Carlos Enrique—. A la vieja se le va a enfriar la comida.

Se levantaron al mismo tiempo y esta vez no evitaron mirarse a los ojos. Se abrazaron fuerte y largo. «Eres mi mejor amigo», dijo el Chileno al oído. A punto de partir, Lucía Alejandra se dio vuelta con un impulso y le tendió la mano displicente.

—Che, cuando cumplás los veintiuno date una vuelta por el barrio.

*

Al día siguiente era tal la dicha del padre, que el muchacho sintió con más rigor su tristeza. El hombre destellaba. Tenía la boca llena de frutas que mascaba con distraída fruición, entonaba canciones de Inti-Illimani, se subía a descolgar la cortina de cretona estampada como si fuera más alto de lo que era. El aire que respiraba le henchía el pecho cual velero en alta mar. «La insufrible dicha de los otros», pensó el Chileno observando la tapa de la tetera saltar bajo el impulso del vapor.

Contagiado por esa fuerza, y ebrio de deseo, salió corriendo de la pieza antes de que nadie atinara a pararlo. Tenía el hábito de bajar los peldaños en tres brincos, y en menos de diez segundos estuvo en la calle, y en casi un minuto a las puertas de la casa de la señora Lucía.

Su turbación hizo que levantara el dedo y lo apretase imprudente contra el timbre. No aflojó la presión ni un segundo, ni supo qué estrépito era mayor: si el vibrato de la alarma o el de la arteria en su pecho. Solo soltó el dedo cuando la señora Lucía apareció en la puerta, cubierta apenas con una bata de toalla y el rostro joven sin mácula de maquillaje.

—¿Qué pasa, Chilenito? —preguntó—. Tocás como si fuera algo de vida o muerte.

El muchacho levantó la vista hasta la frente de la mujer y todavía un poco más arriba de su pelo alborotado. Sintió algo maduro, viril, en la postura de su mentón, como si este se acomodara para decir la frase que quiso pronunciar en ese momento: «Es que es una cosa de vida o muerte».

En esa tensión, sin embargo, permaneció en silencio.

—¿Y qué? —dijo la mujer, limpiándose una leve legaña del ojo.

El muchacho se miró los zapatones y entrecruzó los diez dedos apretándolos sobre su pecho, casi como si rezara. Levantó la vista y el pelo le cayó sobre la frente. Destrabó los dedos y se los echó atrás más rápido de lo que le hubiera convenido para no quedar tan expuesto.

—Nos vamos —dijo—. Vengo a despedirme.

La mujer adelantó una mano y la puso sobre ese mechón de pelo del muchacho, otra vez oportunamente rebelde, y se lo peinó hacia atrás con los dedos. Y cuando lo hubo fijado, aún dejó la mano sobre su sien. El Chileno miró hacia el fondo por la puerta abierta y tragó saliva.

—¿Y sus hijos?

—Están en la escuela.

Sintió que algo enorme se le secaba en la garganta y solo atinó a carraspear. La mujer parpadeó como corrigiendo un pensamiento, soltó la mano de su pelo y se la extendió. El chico se la estrechó, sin retenerla.

—Cuando tengás bigote, vení a verme. Tengo curiosidad por ver cómo te sienta —dijo la mujer.

Apenas el tren hubo avanzado una hora, los padres abrieron el canasto de víveres, sacaron los alfajores que les había regalado el vecino, un humeante termo de café, y comenzaron a merendar con entusiasmo. El niño se puso a mirar el paisaje. El padre le extendió un sándwich y una taza, pero él los rechazó sin tocarlos.

—¿Qué te pasa? —le preguntó.

—No quiero comer.

El hombre intercambió una mirada con su esposa, luego con su hija, y puso todo de vuelta en el canasto.

—Así que no vas a comer —dijo.

—No —contestó con energía.

—¿Y qué vas a hacer entonces?

El muchacho apartó la vista de la ventana, se palpó la barbilla como comprobando si algo estuviera en proceso de brotar, y dijo con los ojos húmedos:

—Esperar a que pase el tiempo.

CHISPAS

Era un chico tan pobre y tan alegre que todo el mundo le parecía rico y triste. En el barrio lo llamaban «el Chispas».

En las mañanas le hacía mandados al escritor Castillo: medio kilo de pan, cigarrillos, un par de cervezas Cristal, el periódico. Se reía con una dentadura fenomenal cuando el hombre le extendía una luca de propina. Una «luca» eran mil pesos. Y solo con cien pesos se podía dar una vuelta en la calesita.

Quedaba cerca del estadio Nacional. La habían instalado tres muchachones con la camiseta del Colo-Colo y durante una semana estuvieron atornillando los caballos sobre el círculo de madera.

Cuando terminaron la construcción los jóvenes se tomaron una cerveza con el dueño de la calesita. Luego el hombre bajó una palanca y el carrusel comenzó a girar al compás de una cumbia.

El chico fue de buen humor a contarle a su padre que había llegado un carrusel al barrio. Este lo oyó acostado con los pies descalzos sobre una almohada en el colchón. Había caminado otra vez toda la tarde buscando trabajo. Le pidió al niño que le frotara los dedos con una toalla húmeda. En tanto, el hombre fue pulsando acordes en la guitarra como si buscara una melodía.

—¿Fuiste donde Castillo hoy? —preguntó sin interrumpir la música.

—Seguro.

—¿Te dio la luca de propina?

—Como siempre.

—Entonces anda a la esquina, compra dos tajadas de mortadela, dos marraquetas y medio litro de leche.

—Castillo dice que Pinochet cae este año.

—Lo mismo dijo el año pasado.

—Quiero guardar cien pesos para una vuelta en el carrusel.

El padre apartó la guitarra, desdobló el periódico de la semana anterior en la página deportiva y se puso a mirar desconcentrado una foto de Maradona.

—Está bien. Olvídate de la mortadela, Chispas.

*

Al día siguiente se sentó sobre un ladrillo a observar a los otros niños girando sobre los potros de madera. El dueño de la calesita agitaba al costado una cadena de la que pendía una argolla. Si alguno de los chicos montados lograba arrebatársela, ganaba una ronda gratis.

Estudió tan largamente y tan en detalle los movimientos que el propietario hacía con su brazo al agitar la cadena, que tuvo la certeza de que cada vez que quisiera podría arrebatarle la argolla y obtener unas cuantas vueltas.

Pagó entonces los cien pesos. Se montó en un potro negro y esperó a que el dueño encendiera su cigarrillo y comenzara a tentar a los jinetes con la argolla. Cuando pasó a su lado, el chico le arrebató la prenda de un golpe, y el hombre escupió sorprendido una mota de tabaco.

Sintió la envidia de los otros niños mientras entregaba la sortija premiada y le sonrió a todos como si se hubieran duplicado los dientes en su cara. Se dispuso a repetir la hazaña en la próxima vuelta, y en menos de un minuto levantó triunfal el objeto en su pulgar derecho.

—Está bien —le dijo el dueño del carrusel—. Si ya sabes cómo agarrar la argolla, también debes saber cómo moverla para que otros no la agarren.

—Creo que sí.

—Escúchame. Voy a pagar la cuenta de electricidad a Chilectra. Mientras tanto mueve la argolla y cóbrale cien pesos a cada chico por la vuelta. Y que no ganen, ¿eh? A ver si nos arruinamos.

El hombre se fue amarrándose al cuello una bufanda gris. El chico hizo accionar la palanca y luego comenzó a mover la cadena con tantos quiebres de muñeca que esa vuelta y todas las que siguieron terminaron sin ganador.

Cuando el dueño volvió, el chico le pasó las ganancias y el hombre asintió satisfecho.

—Eres todo un profesional. Aquí tienes una luca por tu trabajo.

*

En la pieza, su padre estaba escribiendo una carta de postulación para un empleo en la envasadora de condimentos Negrita.

—Ni me preguntes cómo me fue —le advirtió al niño, tras untar con saliva el engomado del sobre—. No hay trabajos para un compositor.

—No te preocupes. Hoy traigo dos lucas

—¿Estaba de buen humor Castillo?

—No, una es de Castillo y la otra me la gané trabajando en la calesita.

—¿Trabajando? ¿Qué hiciste?

—Nada. Agitar la cadena con la argolla y darme maña para que los chicos no la agarraran.

—¿Te crees que yo podría trabajar en eso?

—¡En la calesita!

—Por mientras, digo yo, mientras cae algo mejor.

El niño miró con severidad al hombre y estrujó los dos billetes en el bolsillo.

—Eso te pasa por meterte en política. Ganabas bastante bien en la fábrica de colchones.

—Hacíamos excelentes colchones. Este, por ejemplo.

—No es razón para que pases todo el día echado en él.

—¿Por qué dices eso?

—La mamá lo dijo.

—Dile a tu madre que ella me consiga entonces un trabajo.

—Díselo tú mismo. Yo no soy el recadero de nadie.

—Ya sabes que con ella no hablo.

—Ella dice que tú eres un dogmático.

—¿Yo?

—Voy a ver en el diccionario qué significa eso.

—¿Yo dogmático? ¡Esto es el mundo al revés!

—Voy al almacén. ¿Qué compro?

—Pan, mantequilla, dos bolsitas de té.

—¿Y mortadela?

—Ponle dos tajadas de mortadela.

*

Antes de ir al almacén, el Chispas pasó por la escuela pública donde su madre enseñaba dibujo. Cuando se asomó por la puerta entreabierta, la mujer le hizo señas de que entrara y se sentase en una silla con respaldo de cáñamo trenzado al fondo de la sala. Colgada sobre el pizarrón había una pintura de enormes flores amarillas, y la mujer indicaba hacia ellas con un puntero.

—Cada color —le dijo a sus alumnos— provoca en nosotros un sentimiento. Nos deja en un estado de ánimo diferente. Hoy estudiaremos el amarillo. ¿Con qué sentimientos asociamos el amarillo, chicos?

Mabel Figueroa opinó que con la alegría. Rubén Rodríguez dijo que con el sol. Fernanda Meyer llamó la atención sobre las yemas de los huevos. Elizabeth Cordero sobre los chinos. Eliana Zubirán dijo que era el color de los patos.

Su madre dijo que esas flores eran girasoles, que pintados así parecían un estallido de luz, que daban vuelta en nuestras pupilas como dos enormes ruedas de fuego, que el amarillo se derramaba de la tela en un proceso de expansión que nos encendía las miradas.

—Y eso que esto es una reproducción. ¡Una modesta reproducción, niños! Porque si ustedes vieran el original de este cuadro en la pinacoteca de Múnich, comenzarían a girar en él como en un carrusel. Amarilla la pared, amarillo el mantel, amarillo el jarrón, amarillos en distintos tonos de amarillo los doce girasoles. ¡Un festival de amarillos! Se marearían en esa luz absoluta. Absoluta —repitió, limpiándose levemente la nariz con un pañuelo de papel.

Avanzó hasta la pared del fondo y le dio a su hijo un beso en la mejilla. El muchacho notó que la madre tenía los dedos manchados de distintos colores. Parecía que los hubiera hundido en una acuarela.

—¿Cómo estás?

—Bien, mamá.

—¿No te ha agarrado la gripe todavía?

—Ando bien abrigado.

—Yo en cambio tengo un tremendo resfrío.

Hundió una mano en el pelo del hijo y le acarició la cabeza hasta descender por su nuca.

—¿Tu padre?

—Ahí está.

—¿Consiguió trabajo?

—Nada por el momento.

—Es que no busca.

—Busca, pero no encuentra. Le dicen que tiene malos antecedentes.

—¿Cómo andas de plata?

—Yo bien. Tengo dos lucas para las compras.

—¿Y tu padre?

—Superbién. Nos arreglamos la raja.

—No me gusta que digas palabrotas.

—¿La «raja»? Todo el mundo la usa, mamá.

La mujer se asomó por encima de la cabeza de Adriana Méndez. Estaba pintando un pato amarillo, saliendo de una yema de huevo amarilla, bajo el sol amarillo, en China.

Sacó de su delantal de maestra una billetera y frotó entre los dedos sucios de acuarela un billete rojo de cinco mil.

—Quiero que le lleves esto a Antonio.

—No, mami, no puedo.

—A título de préstamo. Llévaselo.

—Lo siento, mami. No lo puedo aceptar.

El Chispas avanzó hasta la puerta del aula, y antes de salir le echó una larga mirada al cuadro sobre el pizarrón. La madre lo acompañó con su propia vista y se rascó pensativa la nariz, como si acabara de descubrir un detalle significativo.

—No sabía, mamá, que habías estado en Europa.

—¿Yo?

—Dijiste que viste el original del cuadro en Múnich.

—¿Yo dije eso?

—Lo dijiste.

—Debo estar loca.

La mujer apretó las manos del hijo entre las suyas y ahora el chico se quedó absorto en el anillo de bodas.

—¿Es de oro? —preguntó.

—Claro. ¡Qué te imaginas!

—Así que no lo has vendido.

—Ni modo. Tu padre me mataría.

*

Antes de pasar por el almacén, el chico decidió detenerse en la calesita. Daba vueltas sombría, y solo una muchacha quinceañera cubierta con un gorro de lana giraba montada sobre un pony gris leyendo una revista de historietas románticas.

El dueño del carrusel espiró una bocanada de humo al ver que el chico se le acercaba y se quedó mirando una nube amenazante de lluvia.

—¿Va a necesitar ayuda, don?

—¿Hoy? No viene nadie. Me imagino que es por el frío.

—No creo —dijo el Chispas sonriendo—. Yo opino que es por el carrusel mismo.

—¿Qué quieres decir?

—Los colores.

—¿Los colores?

—Son muy tristes. La pista tendría que girar más rápido y debiera pintar los caballos amarillos.

—¿Qué sabes tú de este negocio, bribón?

—Yo nada. Pero mi madre es profesora de dibujo. Le gusta el amarillo.

—Antes los caballos se veían bien. Pero el tiempo los destiñó. En verdad, ahora se ven como unos tristes jamelgos.

—No son más feos que el caballo de Don Quijote. Es cosa de echarles una manita de gato. Píntelos amarillos.

—El negocio no da para esa inversión.

El dueño iba a apagar el cigarrillo aplastándolo en la suela del zapato, cuando el chico lo interrumpió.

—¿Me deja la colilla, patrón?

—¡A tu edad fumas!

—Según la televisión, a mi edad ya somos todos delincuentes juveniles.

El niño apartó la brasa del cilindro con la punta de los dedos y puso el resto de la colilla dentro de una caja de fósforos.

*

En la pieza de la pensión el padre puso el agua sobre el anafe y colocó una bolsa de té en la jarra junto a las dos tazas. El chico extendió las dos tajadas de mortadela junto a las marraquetas, y el cuchillo cerca de un dedal de mantequilla. Cuando el agua comenzó a hervir, el hombre no cortó la corriente, fascinado de ver cómo el vapor hacía bailar la tapa sobre la tetera.

—Es el mismo principio con que Watt creó la locomotora a vapor. El agua caliente produce la energía que va a los pistones y estos mueven las ruedas.

—Pero para producir toda esa fuerza hay que tener harta agua ardiendo en la caldera y quemar mucho carbón.

—¿Cómo lo sabes?

—Lo aprendimos en el colegio.

—¿Y sabes de dónde se saca el carbón en Chile?

—De las minas de Lota.

—Está bien. Un siete.

—Y en el tren tiene que haber un fogonero que le va echando durante todo el trayecto carbón a las llamas.

—Debieran nombrarte catedrático en la universidad.

El padre, de repente disgustado, apretó el interruptor del anafe y la tapa fue declinando su movimiento hasta posarse quieta en su lugar. Derramó agua en la jarra e hizo subir y bajar la bolsita de té hasta que el líquido tomó un color ámbar. El chico hundió la vista en la taza escrutando ese tono y mientras ponía mantequilla a las migas del pan se limpió las narices, recordando el resfrío de su madre.

—¿Quién fue el *gallo* que pintó los girasoles amarillos, papi?

El hombre sopló una dosis de té que había subido en la cuchara y la sorbió sin ruido. No respondió.

—Doce girasoles amarillos, en un florero amarillo, sobre un mantel amarillo, y una pared amarilla al fondo.

—Van Gogh.

—Es un cuadro muy famoso. Está en un museo de Alemania. Vale millones de pesos.

—De dólares. Millones de dólares.

Puso la rodaja de mortadela en la abertura de la marraqueta y procedió a masticarla sin prisa. El chico lo miró expectante, pues el hombre le indicó con un gesto que cuando engullera el bocado le diría algo más. Finalmente apuró el tránsito por la garganta con otro sorbo de té.

—Van Gogh, Mozart, Cervantes —dijo. Se detuvo en una pausa y agregó—: Tu madre.

—¿Van Gogh, Mozart, Cervantes y mamá?

—No necesariamente en ese orden —dijo el padre mordiendo su segundo bocadillo.

—¿Tú sabías que mamá estuvo en Europa? Vio el original de los girasoles en Alemania.

—Con otro.

—¿Papá?

—Se fue a Europa con otro.

Al chico le pareció prudente concentrarse en untar la mantequilla en la marraqueta y se mantuvo haciéndolo por casi tres minutos.

—Chispas —dijo el padre—. Ya que sabes cómo funciona una locomotora y sabes lo que es un fogonero, déjame decirte esto. Cuando pasó lo que pasó unos se quedaron y otros se fueron. Y a medida que pasaron los años, algunos de los que se fueron volvieron.

—No me lo dijo nunca.

—Y alguno de los que nos quedamos nos quedamos. Yo tuve la suerte de quedarme contigo, Chispas.

El chico sonrió y cuando vio que el padre con cierta angustia se golpeaba los bolsillos de la chaqueta, puso la caja de fósforos sobre el mantel y sacó la colilla que había guardado. El padre untó con un poco de saliva la boquilla de caucho, la puso entre los labios, y tras encenderla aspiró el humo poniendo una teatral cara de deleite.

—Te pasaste, Chispas. ¡Un pucho de príncipe!

—Mañana volveré al carrusel. A lo mejor te consigo otro.

—O a lo mejor yo consigo trabajo.

El hombre avanzó con la colilla del cigarrillo encendida en la boca hasta la cama y levantando la guitarra la afinó sin dilaciones. Le pasó el resto de la colilla al chico, se humedeció los labios, e hizo el primer acorde.

—Esta canción la escribí para tu madre. Pero ninguna radio la quiso tocar.

—¿Muy revolucionaria?

El padre levantó las cejas cuando dijo con gesto y voz solemnes:

—Muy revolucionaria. Se llama «Obra de arte». Escucha:

Érase una vez un pintor holandés
que robó del sol su estilo.
En la tela derramó un vino encendido:
girasoles amarillos.

Mucho tiempo atrás,
en la Austria imperial,
nació un compositor
de genio.

Subió el violín y el cello
a la altura
de la luna:
Pequeña Serenata Nocturna.

Un triste caballero
con su fiel escudero
salió a recorrer
España.

Luchó contra molinos
hizo mil desatinos
por la Dulcinea
que amaba.

Yo, mi dulce amor,
te pido comprensión
pues nunca pude ser
artista.

Mereces sinfonías,
libros de poesía
y un retrato tan hermoso
como el de Monalisa.

Pero esta canción
cantada así sin voz
es todo mi humilde
homenaje.

Expresa el amor
de mi pobre
corazón:
mi única obra de arte.

Tras el último acorde estiró la mano derecha y le quitó al niño la colilla encendida, llevándosela con ansias a la boca. La aspiró hasta consumirla y la apagó en la caja de fósforos, con un gesto asertivo de la mandíbula.

—Rindamos homenaje a ese gran pucho. Fue capaz de aguantar una canción entera.

*

En la noche del día siguiente, el Chispas fue corriendo hasta la calesita. Los mismos muchachones con la camiseta del Colo-Colo estaban desatornillando los caballos de sus bases y el propietario envolvía en un plástico azul la palanca y la caja de baterías que activaba el sistema.

—Los chicos van ahora a los juegos electrónicos —le explicó—. Probaré suerte con la calesita en provincia.

Pero el Chispas prestó escasa atención a esta noticia, pues estaba pendiente de que el propietario comenzara a toser y tirara el cigarrillo sobre la tierra del baldío. En el fondo del bolsillo apretó la caja de fósforos que le serviría de estuche para la colilla.

EL PORTERO DE LA CORDILLERA

En cuanto el avión despegó de Santiago de Chile, Silvio puso la frente sobre la ventanilla para ver la nieve en la cumbre de las montañas. Su padre lo abrazó y le dijo:

—Esta es la cordillera de los Andes, hijo mío. La cosa más hermosa del mundo. No te olvides nunca de ella, porque algún día volverás a tu país. A tu cordillera.

—¿Por qué tenemos que irnos de Chile?

—Vamos en busca de mejores horizontes.

—¿Qué significa eso, papá?

El hombre respiró hondo y no dijo nada.

En Buenos Aires consiguieron una pieza en una pensión cerca de las Barrancas de Belgrano. Había dos camas, tres sillas, un anafe eléctrico donde calentar agua para el café, y la mesa cubierta con un hule verde. Sobre ella había un mensaje que decía «suerte» y el periódico.

El hombre le dijo al chico:

—Ve a dar una vuelta por el barrio mientras yo leo los avisos económicos a ver qué trabajos ofrecen.

En la esquina había un grupo de chicos sentados sobre la cuneta leyendo revistas ilustradas. Se mantuvo a cierta distancia hasta que el más alto y flaco le indicó que se acercara.

—¿Sos nuevo en el barrio?

—Sí, llegué hoy.

—¿De dónde venís?

—De Chile.

—¿Con qué se come eso, che? —se entrometió el Colorín de relampagueantes ojos verdes.

—Chile es un país —dijo Silvio, molesto.

—Si sé, nene. Te estaba cargando.

—¿Qué es cargar?

Los niños se miraron entre ellos y se rieron.

—Aquí «cargar» es hacerle una broma a alguien.

Silvio sonrió y luego apuntó hacia arriba.

—Chile es un país que está detrás de la cordillera de los Andes. Son miles de montañas cubiertas por la nieve. Allá arriba vuelan los cóndores. Los vi desde la ventanilla del avión.

—¿Te viniste volando?

—Por supuesto.

—¡Qué fenómeno!

—¿Qué? ¿Ustedes no han volado nunca?

—Y… yo no —dijo el Colorín—. ¿Y vos, Flaco?

El Flaco guardó su revista en el bolsillo trasero del jeans.

—Vamos a las Barrancas a jugar fútbol. ¿Venís?

—No tengo botines —explicó Silvio.

La carcajada del grupo fue tan ruidosa que el niño enrojeció.

—¿Qué botines ni mondongo, nene? Jugamos en patas.

Siguió a los muchachos apurando el tranco y cuando llegaron a las Barrancas se pusieron en la zona más pareja evitando el faldeo del parque.

—¿Sos bueno para el fútbol, coso?

—Me llamo Silvio, no «coso».

—Está bien. Desde ahora en adelante te llamás «Chileno» —determinó el Flaco.

—¿Y tú cómo te llamas?

—Aquí no se dice «¿cómo te llamas?». Se dice «¿cómo te llamás?».

—Está bien. ¿Cómo te llamás?

—«Flaco». Y este «Colorín». Y este otro «Cacho». Y este más chico, «Chico». Y este moreno…

—«Negro» —se adelantó Silvio.

—¡Sos rápido, Chileno!

—Soy el «Negro» —dijo el Negro extendiéndole la mano.

—«Chileno» —dijo el Chileno, estrechándosela.

—¿En qué posición jugás?

Silvio se miró los pies descalzos e improvisó.

—Centrodelantero.

—Está bien. ¿Sabés cabecear? —preguntó el Colorín sacando de su mochila una pelota totalmente profesional, número cinco, con parches negros y blancos. El Chileno tragó saliva. Siempre había jugado en los potreros de Santiago con pelota de trapo o de plástico.

—Sí —mintió.

—Andá adelante, entonces.

Con un silbido el Colorín llamó la atención de otro grupo de chicos y mostrándoles en alto el esplendoroso balón profesional los invitó a jugar.

Cuando los muchachos llegaron, el Negro les preguntó:

—¿Ustedes de qué equipo van a ser?

—De River —dijeron en coro.

—No —dijo el Negro—, de River somos nosotros. Elijan otro equipo.

—¿Está bien de Racing?

—Ta —escupió el Negro.

Marcaron los arcos con cuatro mochilas y se iniciaron las acciones.

El Negro le sirvió el balón a Cacho que se disparó por el flanco izquierdo y al llegar a la línea del córner centró con precisión para que Silvio la cabeceara y metiese el gol. Pero al ver venir el descomunal balón profesional contra su frente, Silvio levantó un brazo aterrado y lo detuvo con la mano.

Los chicos de los dos bandos lo miraron perplejo. El Chileno sintió que un mar rojo le teñía las mejillas. El Negro avanzó y lo agarró de la remera.

—¿Qué hacés, nene? ¿Por qué no cabeceaste?

Silvio se pasó la mano por las narices y tragó saliva.

—Y… es que vi venir el *coso* ese… y…

—¿Qué *coso*?

—La pelota.

—¿La pelota?

El Negro extendió su mirada atónita al resto del grupo.

—¿Y qué a va a ser, boludo? ¡Pelota! Esto es fútbol. Y el fútbol se juega con pelota.

Se miró avergonzado las rodillas y susurró:

—Perdóname, Negro.

—¿Qué dijiste?

—Perdóname, Negro.

—Aquí se dice «perdoname». Se dice: «Perdoname, Negro».

—Perdoname, Negro.

El Flaco se acercó a ellos con autoridad y desde su altura magnánima, con la autoridad que le daban los primeros granitos del acné preadolescente, le ordenó al Negro que se apartara.

—Dejalo en paz.

Sacó dos monedas del bolsillo y se las pasó a Silvio.

—Aquí tenés, Chileno. Andá a comprarte un helado y mañana hablamos.

—¿No voy a poder jugar más con ustedes?

—Mañana hablamos, nene, mañana.

Se alejó con los zapatos en una mano sin mirar para atrás.

En la noche el padre calentó en el anafe la misma sopa de pollo del almuerzo y no se hablaron. El hombre no quiso contar que aún no conseguía trabajo y el niño calló que quería subir al más rápido de los aviones para volver a Chile. Cuando ya tenía la mejilla sobre la almohada de su cama, se imaginó un partido en el cual le hacían un pase y él saltaba dentro del área y cabeceaba el balón. Pero ese gol ficticio lo puso aún más triste.

Al día siguiente, cuando vio a los chicos dirigirse a la cancha con el Negro haciendo dar botes la pelota por la vereda, siguió al grupo a cierta distancia, como los perros que acompañan el carretón de las verduras. En las Barrancas miró apoyado en un árbol los ceremoniales previos al partido. En un momento el Negro apuntó claramente en su dirección y el Flaco fue caminando lento hacia él.

—¿Qué hacés, Chileno?

Silvio se encogió de hombros y se limpió con la manga las narices.

—¿No vas a hablar?

—Sí —dijo inaudible.

—¿Cómo?

—Sí —repitió.

—¿Querés jugar hoy?

Volvió a encogerse de hombros. Esta vez se limpió la nariz con la otra manga.

—Ustedes no quieren.

—Hemos discutido tu caso, Chileno, y creo que tenemos la solución. ¿Te gusta agarrar la pelota con las manos? Bueno, vas a jugar de arquero.

—¿Yo?

—Sí, nenito, sería el lugar donde menos daño podés hacer.

—Pero arquero…

—¿Qué? Es un puesto maravilloso. Por ejemplo el de tu abuelito chileno: el Sapo Livingstone, que jugó en Racing…

—¿El «Sapito»?

—El «Sapito». Dale nene. Vení.

Siguió al Flaco de mala gana arrastrando los pies sobre el pasto. Los chicos del grupo lo saludaron sin entusiasmo. El Gallego lo encaminó hacia las piedras que marcaban el arco.

—Ahora sí usá las manos todo lo que querás. Si no podés evitar el gol con las manos, sacala con los pies. Si te quedan mal los pies, parala con el pecho. Si tenés miedo de que te dé un ataque al corazón, golpeala con los puños. Te queremos, Chileno.

Cuando vino el primer ataque de un desgañitado correntino con el pelo cortado a golpes de hacha, se tiró sin vacilaciones al costado izquierdo y apañó el balón entre sus palmas. Una mezcla de rubor y orgullo le tiñó de escarlata las mejillas. Y la gloria se perfeccionó cuando al hacer un violento saque de meta la pelota atravesó la imaginaria mitad de la imaginaria cancha, y el Flaco la tomó de volea y produjo un golazo a favor del equipo del Chileno. El Flaco corrió toda la enorme distancia hacia su arquero y golpeándole cariñosamente una mejilla le dijo:

—¡Grande, «Sapito», grande!

Y cuando diez minutos después un delantero rival se desprendió por el costado derecho y llegó solo hasta el arco, y el Chileno en un impulso suicida se le tiró a los pies y le birló de un puñetazo el balón, el elogio que recibió del Flaco fue aún más expresivo:

—Sos todo un fenómeno, Chileno. Hay que avisarle a Moscoso.

Cuando el partido terminó con un triunfo de tres a cero, el equipo se tiró bajo la sombra de un ombú a beber limonada.

—Che, ¿quién es Moscoso?

—¡Huy! Moscoso es un veedor.

—¿Qué es eso, Cacho?

—Uno que ve. Veedor. Que ve.

—¿Que ve qué?

—Las pichangas de barrio. Y si ve que hay un chico con talento lo cuenta en San Lorenzo de Almagro. Y te hacen una prueba. Y si pasás la prueba, jugás en la infantil de San Lorenzo. Y si lo hacés bien después de un par de años pasás al equipo de honor. Ahí ya jugás contra River, contra Boca, contra Racing. Y si ahí lo haces bien-bien te contrata un equipo extranjero. Poné que el Real Madrid o el Barcelona. Y ahí… ¡diez millones!

—¿Diez millones?

—Diez millones de dólares, nene. Te podés comprar un Mercedes Benz.

—¿Y una moto?

—Una moto. Y si querés también te comprás un avión para ir a ver volar cóndores en la cordillera de los Andes.

El Chileno vació su botella de limonada y se refregó los labios con la manga de la polera.

—Me vendría bien ese dinero porque mi viejo no encuentra trabajo.

Los chicos lo miraron en silencio y terminaron sus refrescos sin hacer comentarios.

Al volver de la escuela el viernes por la tarde tiró la mochila con los cuadernos y útiles escolares sobre la cama y se asomó por la ventana a la calle. Vio avanzar hacia la pensión a su padre acompañado de un hombre calvo, alto, de gruesos anteojos.

—Silvio —le dijo el padre—. Este es el señor Moscoso.

—¿El que ve?

—Efectivamente, muchacho. Soy veedor.

—Veedor —repitió su padre como ausente.

—Y quiero verte jugar —continuó el hombre—. El domingo he pactado un partido en una cancha de tierra cerca del estadio de River en Núñez pero que tiene arcos y todo. Es decir, verticales y travesaño. ¿Has jugado alguna vez con un arco de verdad?

—No, señor.

—Oh, se siente una emoción. Una emoción muy especial. Te sientes como el guardián de una mansión. Una gran mansión donde caben el cielo y la tierra.

El hombre deshizo un paquete y extrajo una polera de portero de color negro.

—Haremos todo muy oficial. Van a jugar con camisetas, habrá un *referee*, y se jugará treinta minutos por lado. Esta es tu tricota. Probátela.

—¿Ahora mismo?

—No, cuando querás. Te tiene que quedar bien sí o sí, porque no tengo otra. Para el resto del equipo tengo diez tricotas color naranja. Si durante el partido deciden cambiar un jugador, el que sale se tiene que sacar la tricota y entregársela al que entra. Es una inversión fuerte la que estoy haciendo. Profesionalizar a unos patoteros de barrio. Me gasté el sueldo del mes en el vestuario. Pero tengo esperanzas. Y me han hablado muy bien de vos. Dicen que sos un león en la portería.

—¿El León de Wembley? —sonrió Silvio.

—¿Quién es ese? —preguntó el padre

Moscoso sacó un peine del bolsillo de la chaqueta sobre el corazón y se aplicó tres o cuatro cepilladas sobre el pelo que enmarcaba su calva.

—Rugilo, arquero de la selección argentina que atajó heroicamente todo en un mundial jugado en Inglaterra. No espero menos de vos, pibe. Hasta el domingo a las once de la mañana en Núñez. Será el partido de tu vida.

En la tarde los chicos bajaron hasta las Barrancas vestidos con las diez tricotas naranjas y Silvio con la casaquilla negra. El pelirrojo llevaba en un saco de lona marrón los once pares de botines y los derramó sobre el pasto cerca de las piedras que marcaban la portería.

—Dice Moscoso que todos los botines son del mismo número. Si les quedan chicos, hay que meter el pie adentro a como dé lugar. Si les quedan grandes, aquí traje algodón para rellenar.

Salvo el Negro, independientemente de la estrechez o la abundancia, todos lograron filtrar sus pies en los calzados.

—Yo juego en patas —proclamó.

—Hoy sí. Pero el domingo en la cancha…

—Se lo llevaré al zapatero Rubén que lo meta en la horma. Es capaz de convertir un bote en una fragata.

El Flaco les pidió que se sentaran bajo la sombra de un ombú y se puso una ramita de árbol entre los dientes.

—Creo que no debemos jugar hoy con las camisetas naranjas. Las vamos a transpirar, a ensuciar, en una de esas se rajan… A Moscoso no le gustaría que llegáramos al partido de nuestra vida desastrados como linyeras.

Uniendo a las palabras los hechos, se sacó su tricota, la dobló cuidadosamente y la alisó con las palmas sobre el césped.

—Qué lindo se ve el naranja sobre el verde —dijo Silvio

Los chicos se sacaron sus poleras y las pusieron alineadas junto a la del Negro. Solo Silvio no se quitó su tricota negra.

—¿Cómo vamos a jugar el domingo? —preguntó Cacho, escarbándose la nariz.

—¿Qué querés decir? —preguntó el Gordo.

—Y… Qué estrategia vamos a usar: ¿tres-dos-cinco, cuatro-cinco-uno…?

—Es el partido de nuestra vida —lo interrumpió el Flaco: todos atacan y todos defienden…

Cacho llevó aún más adentro el dedo en su nariz.

—Mirá que eso nos va a matar, che. Es una cancha de tierra, dimensiones reglamentarias. Si todos atacamos y todos defendemos nos vamos a caer muertos a los diez minutos… Pensá en el pobre Gordo…

—Moscoso dijo solo treinta minutos por lado. Somos unos pibes. Estamos llenos de energía —replicó el Flaco.

—Y, no sé…

—Todos atacan y todos defienden. Es el partido de nuestra vida. En cuanto a vos, Chileno, vení que vamos a practicar tiros penales.

Silvio se colocó entre las piedras y el resto de los chicos se dispusieron en fila tras el balón para ir pateando los penales de a uno. El Flaco sería el primero. Apuntó severo con el índice a Silvio y le impartió la primera lección.

—Si nos cobran un penal, vos como arquero tenés tres opciones: tirarte a la izquierda, tirarte a la derecha o quedarte en el medio.

—¿Qué es lo mejor?

—Que te quedés en el medio. Los delanteros tienen terror a que el tiro les salga desviado y tienden a patear hacia el centro.

—Entonces, ¿me quedo en el centro? —preguntó Silvio ya agazapado entre las piedras.

—A menos que el corazón te indique tirarte a la izquierda o la derecha.

—¿Y cómo sé lo que me indica el corazón?

—Lo sabrás en el momento en que te tiren el penal. Si el corazón no te dice nada, quedate en el centro.

Silvio se frotó las manos.

—Dale. Comenzá.

El Flaco se apartó algunos pasos, emprendió una carrera y le propinó un fuerte patadón al cuero. Como el corazón no le dijo nada, Silvio se mantuvo en el centro y apañó el balón con los brazos en su pecho.

—¡Funciona, Flaco! —gritó jubiloso.

Los nueve penales que le dispararon tuvieron distinta suerte. Tres rebotaron en su cuerpo, que no se movió del centro, y dos salieron desviados a la derecha. En otro, el corazón le dictó que se tirara a la izquierda y el corazón acertó, y fue una gran atajada. Después, el corazón le dijo que volviera a tirarse a la izquierda pero se lo patearon a la derecha y fue un golazo que el Colorín celebró solo con una sonrisa. Los otros dos se perdieron en la altura entre las copas de los árboles.

El Flaco se acercó a Silvio y le pegó un fraternal puñetazo en el pecho.

—De diez que te tiraron, solo te metieron uno, Chileno. Gran promedio.

—Huy, qué nervio. Faltan tres días para el domingo —gritó Silvio excitado.

Aunque el partido había sido fijado a las once, Silvio se levantó a prepararse el desayuno a las siete, cuando recién clareaba. Café con leche, un pan. Puso el periódico con la sección de ofertas de empleos abierta a los pies del padre que dormía y se fue al baño a lavarse la cara. Se quedó frente al espejo largo rato y al no lograr el control de un mechón rebelde, se lo alisó con gomina. En verdad, a veces el pelo le caía sobre la frente, y tenía que echárselo una y otra vez atrás; hoy no podía darse ese lujo. Necesitaba las manos libres y alertas.

Al besar a su padre en la frente, este entreabrió un ojo:

—¿Qué te echaste en el pelo?

—Gomina.

—¿Es hoy?

—¿Qué?

—El partido de tu vida.

—Es un partido más, papi.

—Moscoso dice…

—Es un partido más, che.

El padre ahora abrió el otro ojo y sonrió.

—¡«Che»! Dijiste «che». Capaz que ahora te llamen a la selección argentina.

—No jodás, che.

—Está bien, che. Dame un beso.

—Ya te lo di.

—Otro.

Silvio se inclinó y puso brevemente sus labios en una mejilla del padre.

—Suerte, hijo.

El niño le señaló con la barbilla el diario *Clarín*.

—Suerte a vos, papá. Queda café solo para una taza.

El trayecto hacia la cancha lo hizo en el tren que abordó en Belgrano C. No había nadie de su equipo en el andén y pensó que aún estarían durmiendo. Era domingo y solo viajaba en el vagón un grupo de boy scouts que iban a hacer picnic y remar botes en el Tigre. Abrió la ventana. Le gustaba sentir la violencia del viento en el rostro. Se palpó el pelo y satisfecho comprobó que no se le había desubicado ni un solo cabello.

Como lo había imaginado, al llegar al espacio de muchas canchas no vio a nadie de su escuadra. Había un portero vestido en buzo tomando mate que le indicó con un gesto una de las canchas de tierra. Silvio caminó hacia ella balanceando la mochila donde llevaba las rodilleras, el polerón de guardameta, el pantaloncillo y los botines. Eran un número mayor de lo preciso, pero había prensado papel de periódico dentro y ahora podía accionar el pie sin que el botín saliera volando.

En la lejana cancha el silencio del mundo parecía haberse concentrado y los dos arcos opuestos se enfrentaban en una distancia que le pareció enorme. Puso sus pertenencias al lado del vertical derecho del arco y se fue caminando hacia la futura portería rival contando los pasos, los interminables pasos.

Y cuando llegó a la meta se le ocurrió medir con largas zancadas la distancia que había entre un vertical y el otro. Jamás lo hubiera hecho. En los potreros marcaban las porterías de modo informal con libros de la escuela, delantales o piedras. Bastaba tirarse desde el centro a un costado para cubrir la mitad del espacio. Entre ambos palos había una distancia aterradora. Venciendo el espanto, caminó el trecho una y otra vez como conjurándolo, mostrándole a ese vacío un coraje que no tenía. Y cuando creía tener su terror medianamente mitigado, tuvo la peor de las ideas: mirar hacia el travesaño. Tan cercano como ese avión que había despegado de Aeroparque y se perdía entre las nubes.

No quiso saltar porque no quería comprobar lo que el más simple cálculo le dictaba: que jamás —ni por arte de milagro— llegaría a rozar con sus uñas esa madera insolentemente blanca. Abatido se sentó apoyado en el vertical mirando el paciente tránsito de una hilera de hormigas hacia un arroyo cercano.

Una hora después llegaron los rivales. Eran once mocetones con el pelo rigurosamente cortado, buzos de color azul, mochilas con el adorno de un ancla blanca, la misma que lucían sobre sus tricotas. Cada camiseta tenía un número y el nombre del jugador. El más alto de todos se llamaba Etcheverry y se entretuvo frente a Silvio jugando a darle golpecitos a un balón con la frente. Logró treinta y tres cabezazos antes que el balón se le arrancara. Silvio se lo pasó en las manos.

—Treinta y tres —dijo.

—Sí, los conté. Mi récord son ciento ocho.

—¿Qué edad tenés vos?

—Diecisiete, pero ya voy para dieciocho. ¿Y vos, pibe?

—Doce, pero voy para trece.

—¿Y qué hacés aquí?

—Tenemos fijado un partido con un equipo de la liga del barrio.

—¡Qué bien! ¿Cuál equipo, che?

—«Marinos».

—«Marinos» somos nosotros.

—Huy, Dios.

—¿Qué te pasa?

—Y… se ven grandes.

—Y qué querés. Estamos haciendo el servicio militar. ¿Y ustedes?

Puesto que su equipo, encabezado por el Negro, venía avanzando hacia la cancha, se limitó a indicarlos alzando el mentón. El marino lanzó una incrédula carcajada.

—¿Esos son?

—Son.

—¿Esos son los que van a jugar contra nosotros?

—Y yo soy el portero.

—¡¿Vos?!

—Soy chileno.

—Ese no es el problema, pibe. El problema es que sos un bebé.

—Tengo trece para catorce.

—Sí, ya veo que crecés rápido, campeón.

Diez minutos después los once jugadores convocados por Moscoso se concentraron bajo la portería. Las camisetas naranjas relucían aún más brillantes con el sol cercano del mediodía. Aunque no tenían número ni nombre, los chicos creían que habían nacido para portar esos colores. Sentían que el corazón golpeaba contra la tela naranja. Un hombre algo panzón y de bigotes gruesos les estrechó la mano uno a uno.

—Soy el árbitro. El señor Méndez. A mí el municipio me paga por este trabajo de modo que lo hago en forma profesional. Si yo cobro una falta, me tienen que respetar porque mi criterio es profesional. Este es mi pito. Es un pito alemán. Si lo soplo se oye hasta el Tigre. En cuanto lo oigan sentirán mi autoridad.

En un banco largo sin respaldo, con una techumbre de paja desteñida que daba sombra, se instaló Moscoso junto a un acompañante que traía un bloc de anotaciones. Le hizo un gesto a los chicos convocándolos a que se dispusieran alrededor de él en un semicírculo.

—Muchachos, el señor que me acompaña es un alto dirigente del club San Lorenzo de Almagro. Anda buscando talentos para nutrir la cantera del club: la división infantil. Les he comprado camisetas naranjas porque soy un optimista. Creo en la vida, creo en la luz. Eso me ha llevado a profesionalizarlos: he hecho de ustedes, chicos con rodillas sucias y moretones en los muslos, con huellas de pedradas en los pómulos, todo unos caballeritos. Si de este partido sale un solo crack, lo vendo a San Lorenzo, me hago de guita y me voy a la tierra de mis nonos: Tarquinia, la cultura etrusca. ¡Pero qué saben ustedes de cultura, atorrantes! —concluyó con una sonrisa tierna.

Mientras el árbitro se ubicaba en el círculo central, Moscoso puso una mano sobre la cabeza de Silvio y lo acompañó camino al arco norte.

—Chileno —le dijo con voz grave cuando lo instaló bajo el travesaño—, tienes que ser un muro para los rivales. Se van a estrellar contra ti como contra la cordillera de los Andes. Eres un arquero con altura y coraje.

Silvio volvió a medir la distancia que lo separaba del travesaño y tragó saliva.

—Sí, señor Moscoso.

—Recuerda que este es el partido de tu vida.

Le quiso acariciar paternalmente el pelo, pero Silvio, adivinando el gesto, se apartó para que no lo despeinara.

El árbitro no había exagerado cuando alabó la potencia de su pito. Con un dedo autoritario indicó a los mocetones del «Marinos» que iniciaran las acciones. A pesar de que el conjunto naranja se replegó siguiendo la estrategia de todos defienden todos atacan, el fornido centrodelantero que avanzó en línea recta hacia el arco no tuvo dificultad en ir derrumbando a los defensas con fuertes topetones de pecho. Una vez solo frente a Silvio, casi con displicencia, le colocó el balón al costado izquierdo.

Pitazo inicial y gol.

Los chicos se miraron sorprendidos, y luego bajaron sus ojos avergonzados. El centrodelantero había corrido a buscar la pelota y la llevaba corriendo hasta el círculo central deseoso de reanudar el partido y probablemente repetir la hazaña. Al pasar junto a Silvio tuvo la bondad de no burlarse. Era, recordó, un pibe entre doce y trece. Como en un filme de terror, el Chileno vio a los rivales aumentados por su miedo: las frentes feroces marcadas de acné, las mejillas mal rasuradas por Gillette Azul, los zapatones profesionales con toperoles, las camisetas albicelestes con los mismos tonos de la selección patria, y sobre todo el metro setenta de cada uno, cuando no el metro ochenta.

El avance de los naranjas duró tanto como un suspiro. Un zaguero le arrebató limpiamente el balón a Cacho y sin necesidad de levantar la vista —siguiendo una jugada ensayada con pizarrón— abrió el balón hacia delante a un punto sobre el cual se precipitó el puntero derecho marino, quien procedió a disparar de primera un tiro que pasó por debajo del cuerpo de Silvio.

Dos a cero.

Esta vez se precipitó a tomar la pelota, tanto para evitar la humillación de que el puntero la llevara de vuelta al centro, como para concederle al equipo y a sí mismo un respiro estratégico. Apretó el cuero entre sus palmas con ganas de reventarlo.

Un minuto alcanzó a estar la pelota en el campo adversario, donde fue sometida a confusos escarceos, que en todo caso permitieron a los naranjas aproximarse a la portería. Un mocetón de pelo rizado que circulaba como puntero izquierdo se desprendió veloz del centro de la cancha y acometió solo la carrera hacia el arco de Silvio. Sus compañeros de equipo levantaron los brazos denunciando que el joven estaba fuera de juego, pero el árbitro no hizo caso e indicó con un manotón enérgico que siguiera la acción. De modo que el tercer gol convertido a los cinco minutos encontró a Silvio con un brazo en alto reclamando el offside.

El Negro fue corriendo a reclamarle al árbitro y a su zaga el resto del equipo como una furia naranja. El juez se limitó a indicar con un dedo delante de la nariz que no aceptaba el reclamo y, cuando el Negro le pegó un topetón con el pecho que casi lo desequilibra, le mostró la tarjeta roja.

Exactamente por el espacio que el Negro dejó libre en la defensa avanzó otra vez el joven de pelo rizado y burlando con un salto la tardía marca del Gordo avanzó desprovisto de prisa hasta el arco y cuando Silvio se le tiró a los pies le levantó el balón por sobre el cuerpo caído en la tierra.

—Epa, te ensuciaste el polerón —le espetó con ironía mientras se dejaba abrazar por sus compañeros.

Cuatro a cero.

Impaciente por descontar, Cacho no obedeció la llamada del veedor Moscoso que lo convocaba desde el borde de la cancha con gestos conminatorios e hizo el intento de avanzar por el centro del área rival sorteando rivales. Lo que logró con el pelirrojo no lo consiguió con un joven pálido de nariz afilada que le sustrajo limpiamente el balón para enviarlo hasta la zona enemiga, donde un delantero marino se adelantó a Silvio y puso el balón en la red con un seco frentazo.

—¿Cuántos van, che? —preguntó, metiéndose la camiseta en el pantaloncillo.

—Cinco —respondió Silvio mortuorio.

El sexto resultó de una confusión de atacantes y defensas acumulados en el área chica, donde el balón fue de aquí para allá entre rodillas, pechos y tobillos para encontrar el puntapié afortunado de un defensa contrario que aburrido de la falta de acción en su zona avanzó a entreverarse con los atacantes. Cuando quiso celebrar el gol pidiéndole a sus compañeros un abrazo, el capitán de los «Marinos» lo contuvo con una mano en el pecho.

—Dejalo así, nomás, René. Es más de caballeros.

Un minuto antes de finalizar el primer tiempo, el mismo René se fue filtrando entre los naranjas desparramándolos en la tierra para habilitar con un golpe suave al Colorín, quien moviendo pies y caderas con ritmo endemoniado se abrió camino y, cuando estaba a punto de ubicar la pelota en el costado derecho del arco de Silvio, este se le tiró al cuerpo atenazándolo con la fuerza de un titán.

El penal lo sirvió el mismo afectado con elegante displicencia.

—Siete —tragó saliva Silvio.

El pito alemán del árbitro dio por terminado el primer tiempo y le hizo señas al Chileno de que le entregara el balón. Luego caminó con él hacia la banca donde estaban los espectadores y le habló directamente a Moscoso:

—Si les parece, señores, podríamos dejar el juego hasta aquí, porque así como están las cosas, en el segundo tiempo solo cabría decir «etcétera».

—Ta bien —escupió entre los dientes apretados Moscoso.

Pasó una mano por la cabeza de Silvio y le desordenó cariñosamente el cabello.

—Estuviste bien, muchacho. Solo te hace falta un equipo que juegue a tu altura.

—Don —le dijo el Chileno, limpiando las lágrimas que se fundieron con el barro de sus mejillas—, este es el partido de mi vida. No lo suspenda.

—Tranquilo, muchacho. El señor árbitro tiene razón. No te gustaría contarle un día a tus nietos que perdiste el partido de tu vida catorce a cero.

Fue trotando hasta el camarín a buscar sus cosas, y sin sacarse ni los botines ni el polerón siguió corriendo hasta la estación, y subió al vagón rojo de ira y vergüenza. Abrió la ventana y dejó que el viento le secara las lágrimas.

Pasó por las Barrancas de Belgrano y tocó el césped donde había jugado por primera vez fútbol en Buenos Aires. El sol del mediodía reinaba burlón sobre el faldeo de las leves colinas y una niñera vestida de celeste peinaba a una chica rubia que lamía con unción un copo de helado.

En la pieza de la pensión el padre calentaba en la sartén un trozo de carne sobre el anafe.

—Llegaste justo para el almuerzo, hijo. Pondré otro bife en la sartén.

—No tengo hambre, papá.

—De todos modos tienes que comer algo. Estás creciendo.

La frase «estás creciendo» le oprimió el corazón y tuvo que apretar las mejillas para que no estallara otra vez el llanto.

—¿Cómo les fue?

—Bien, papá.

—¿Jugaron?

—Sí, papá.

—¿Ganaron?

—Perdimos.

—¿Estaba el veedor?

—Sí, papi.

—¿Y?

Silvio vio que el padre ponía a freír otro bife y se asomó a ver cómo la carne fresca crepitaba en el aceite.

—A mí me gusta jugoso, papá. Házmelo vuelta y vuelta.

—Está bien. ¿Qué te quedaste pensando?

—En la carne. Hace tiempo que no comemos bife.

Pero en verdad estaba mirando el enorme afiche en colores de la cordillera de los Andes, la única foto que alegraba el desvaído empapelado de la pieza. «El portero de la cordillera», pensó.

—Bueno, desde ahora en adelante habrá bife todos los días: conseguí trabajo.

—¿Dónde?

—Es una cosita para ir tirando, nomás. En la fábrica de colchones del polaco. Un par de meses y luego encontraré algo mejor.

El hombre acarició los pómulos de Silvio y palpó con sus dedos la capa de barro que los cubría.

—Lávate la cara, hombre. Estás hecho un asco.

—Sí, papá.

—¿No te alegra que encontré trabajo?

—Mucho, papá —dijo el muchacho, mirando concentradamente cómo la carne comenzaba a dorarse en el fuego.

BORGES

Nuestras nadas en poco difieren; es trivial y
fortuita la circunstancia de que seas tú el
lector de estos ejercicios, y yo su redactor.

JORGE LUIS BORGES, «Fervor de Buenos Aires», 1923

Hastiado de soledad decidí viajar.

Llamé a Miguel a Buenos Aires y no contestó el teléfono.

Marqué entonces el número de Tomás en Argentina y me dijo que Miguel había partido con Natalie. «Il est a París», ironizó. «Quiere triunfar en Francia.»

Pagué un pasaje aéreo a París con la tarjeta de crédito que imprudentemente me había ofrecido la agente de un banco y en un muro de mi departamento vacío puse un mapa del mundo y tracé con lápiz rojo el trayecto de Chile a Europa. Mi abandono era tan grande como ese mar que mediaba entre los continentes.

Busqué en la agenda los teléfonos de los amigos de quienes podría despedirme. Después decidí no importunarles. A quién podría importarle mi destino si tenía la melancolía de un hombre sin mujer: siempre el último en marcharme de las reuniones sociales cuando las cenizas y el vino tinto manchaban el mantel.

Todo lo contagiaba con mi melancolía. Un día vencí la timidez e hice una cita con la mesonera de un restaurant. Compré una tostadora eléctrica para servirle un buen desayuno. Pero no vino. Tampoco dio ninguna explicación. La busqué en el local y no estaba.

Marqué el número de Susana. Alguna vez hablamos de vivir juntos en la misma casa. Pero cometí la torpeza de enamorarme de ella. Eso, me dijo, cambiaba todo. No se impresionó con mi partida inminente. Me pidió que al volver le comprara en el *duty free* un perfume de su predilección. ¿Por qué suponía que este era un viaje con retorno? Todo el mundo parecía atribuirme proyectos mediocres.

En el avión la revista de la compañía aérea ofrecía un test psicológico. La última pregunta era: «¿Cuál es el rasgo más determinante de su persona?». A mis pies se extendía la inmutable pampa argentina. «La disponibilidad», escribí. Sumé y resté puntos y llegué a mi psicograma: «Es usted alguien sin convicciones, poco comunicativo y apático. Haga un esfuerzo por salir de su encierro».

Al pelo, me dije. Iba rumbo a París.

Llamaría a Miguel y me invitaría a su departamento. Desde hacía tiempo se había relacionado con Natalie. Ella era francesa y fue a Buenos Aires a escribir una tesis sobre Borges. Miguel la conoció a la salida del cine. La convenció de que él era más grande que Borges. Solo que no había publicado más que un libro. Se hicieron amantes y Natalie comenzó a escribir su tesis sobre la novela de Miguel: «País sin orillas».

Mi amistad con Miguel se origina en el mismo libro. Cuando lo publicó llegaron diez ejemplares a Chile. Escribí una enjundiosa crítica en un semanario donde era colaborador y los lectores agotaron el breve stock en tres días. Enterado por el librero, Miguel me ofreció su amistad «eterna» y su agradecimiento.

Siempre quiso irse a París. «Aquí la sombra de Borges es demasiado amplia.» Al otro lado de la cordillera, yo había renunciado hacía años al proyecto de ser poeta por la sombra de Neruda.

*

En Charles de Gaulle experimenté por algunos minutos una agradable excitación. Estaba en la ciudad de mis sueños, en el santuario de mis filmes predilectos. Aquí encontraría una muchacha de piel pálida, cabellos castaños y un viejo impermeable gris, como la violinista que es rechazada por el empresario en *Disparen sobre el pianista*.

El viaje en bus hacia la ciudad fue desmontando mi entusiasmo. Toda ciudad tiene su rutina, y cada alma la suya. Para calmar la súbita depresión bebí un *café au lait* en el terminal de buses y llamé a Miguel por teléfono, casi seguro de que no lo encontraría.

Cuando le dije mi nombre, preguntó por mi apellido. Me irritó saber que tenía otros conocidos que se llamaban como yo. Entonces repitió mi nombre y apellido en un tono que me pareció desanimado.

Le dije de inmediato que me iría a un hotel.

Él no lo permitiría. Yo era uno de sus grandes amigos. Tenía que vivir en su casa. Aunque había llegado en un momento muy especial. «Muy especial», repitió.

Cogí un taxi y me asustó la velocidad con que subía cuadra a cuadra la tarifa. Algunas mujeres cruzaban las calles con *baguettes* bajo los brazos. Era una ciudad inmensamente bella, pero los franceses caminaban deprisa como si no lo supieran.

El portero del edificio me miró con gesto adusto. No sabía pronunciar Miguel e identificó con desgano su departamento. Tampoco hizo ademán de ayudarme con la maleta. Espió en el ascensor la bolsa del *duty free*. Tenía ya el perfume para Susana y un *scotch*. El portero miró la botella y dijo algo que no entendí.

Cuando Miguel abrió la puerta estaba pálido y despeinado. A su alrededor había muchos escombros: un espejo molido sobre el parquet, las plumas del sillón dispersas y, sobre la mesa, el cuchillo con que lo habían rajado.

Me abrazó compungido apretando su mejilla en mi barba.

—Natalie me dejó. Me dijo que se iba o me mataba.

—Ya veo —murmuré.

Una súbita brisa condujo mi mirada hacia el ventanal. Había sido trizado con algún objeto contundente que seguramente habría caído en la calle.

Me pareció prudente sacar la botella de *scotch* de la bolsa plástica y ponerla sobre la mesa. Al intentarlo vi que la cubierta de vidrio estaba rota. Cuando Miguel abrió la botella y trajo dos vasos de baquelita desde el baño, adiviné que también la cristalería habría sucumbido en la reyerta.

Brindamos sin palabras y hasta repetimos una dosis en silencio. Después abrió la puerta de un pequeño cuarto.

—Esta es la pieza de alojados.

—Puedo irme a un hotel.

—No es necesario. Creo que entraré un rato al baño. Necesito llorar.

—Puedes hacerlo aquí. Eres mi amigo.

Pero desapareció en el pasillo y enseguida sentí que echaba a correr agua. Golpearon la puerta de entrada y abrí. Era el portero. Traía un busto de hierro de Borges.

—Alguien tiró esto al patio —dijo.

*

Al llenar otro vaso de *scotch* descubrí sobre la mesita de luz un retrato de Natalie. La imagen sería de hace cuatro años, cuando estuve de visita en su departamento en Buenos Aires, y mirándolos juntos cocinar pasta y discutir banalidades había decidido que esa era la chica que yo buscaba. Una pareja como Natalie, que hablara por teléfono con los amigos del alma mientras yo rallaba queso parmesano en la cocina para derramarlo sobre los raviolis. Entre todas las mujeres que no me habían amado en la vida, ella era la que más me excitaba. Solo a ella le conté que cuando tenía diez años sacaron a mamá de la casa en la madrugada y no la volví a ver. No sé por qué lo hice, ya que todo el mundo me tiene por taciturno. Es decir, aun en medio de los detritos de ese departamento, la sola foto de Natalie convocaba algo más amplio y rico que el espacio en ruinas. Golpeé la puerta del baño.

—Estoy bien —dijo Miguel—. No te preocupes.

Pero no abrió. El agua seguía corriendo sobre el lavatorio. Me imaginé que la miraba evadirse por el agujero sin fijar la mente en ningún punto. Volví al living. Me detuve frente a un archivador de color azul nacarado con rúbrica en el lomo que decía «manuscrito novela». Levanté su contenido y lo revisé deprisa barajando las hojas con un dedo. Era una resma de quinientas páginas pero no había más de quince escritas. Las otras estaban en blanco. Más que blancas, vacías, pensé. Las puse de vuelta en la caja y miré el teléfono. Me senté con el vaso de plástico entre las manos y dejé que pasara el tiempo.

Después Miguel salió del baño, se me acercó y me puso una mano en el hombro.

—¿Cómo están las cosas en Chile?

Me encogí de hombros. Volvió a penetrar la brisa por la quebrazón y Miguel corrió la cortina. Se puso bastante oscuro. El living daba a un patio de luz y aún al mediodía había anchas sombras.

—Como tú comprenderás —me dijo, encendiendo una lámpara de mesa— con esto *Paris c'est fini.*

—¿Es definitivo?

—Me dijo que se iba o me mataba.

—¿Qué vas a hacer?

—Volver a Buenos Aires.

—Borges ya murió —le sonreí suavemente.

Miró hacia la caja donde estaba su novela y desvié la vista hacia el retrato de Natalie. Pensé en el mapamundi clavado sobre el muro del departamento en Santiago y el trazado rojo furioso que había hecho sobre el océano. Así como el cartógrafo reduce las distancias a proporciones ínfimas, así se había reducido mi vida.

—Ayúdame a hacer la maleta —dijo Miguel con súbita angustia. Lo detuve tomándolo del brazo.

—Tómate otra copa. Después lo piensas con más calma.

Miró la botella sobre la mesa y se frotó fuertemente las mejillas. Me fijé de repente que tenía puesta una corbata a lunares con el nudo perfectamente centrado sobre el cuello bañado en almidón.

—Decisiones —dijo—. Hay que actuar para que no duela.

—Créeme que lo comprendo —dije mirando mi propia maleta aún sin abrir.

—El mundo va y viene —dijo—. ¿Qué te trajo a Francia?

Contestar «tú», decir «Natalie», me pareció insensato. Dentro de la chaqueta tenía el ejemplar de una revista de actualidad chilena con un militar en la portada.

—Un reportaje —dije—. Me envió mi revista para un reportaje.

—¿Literario?

—Sí. Literario —dije.

—Sabes que aquí vive Kundera, ¿no?

Fue hasta su cuarto y trajo hasta el centro de la mesa una maleta. En otro viaje trasladó trajes, camisas minuciosamente dobladas, zapatos bien lustrados, calcetines en muelles rollos. Cubrió todo con un impermeable estilo Maigret. Por teléfono hizo contacto con el aeropuerto. Quería saber si había vuelo esa noche. Pidió «ventana».

—Soy un pésimo anfitrión —dijo, peinándose las sienes con las manos—. Si ella se queda me mata, si me quedo solo aquí me muero.

—Yo que tú me tomaría la noche para pensarlo. Buenos Aires está lejos.

—Ya hice la reserva.

—Puedes anularla.

Miró la botella a medio consumir.

—¿Quieres que te prepare algo de comer?

—No, gracias.

—Una omelette.

—No hace falta. —Barrió unos trozos de cristal y los acumuló junto al felpudo.

Se puso la chaqueta y de ella extrajo un manojo de llaves. Recogió los últimos detalles del departamento y movió la cabeza indicando que no podía creer lo que estaba viendo. Puso el llavero en mi mano.

—Tu casa —dijo.

Jugué con las llaves sacudiéndolas en el puño y le mostré mi turbación.

—¿Pero qué hago? El arriendo, el teléfono…

—Te llamo por esos detalles.

Me abrazó y luego me golpeó suavemente en la mejilla. Muchos argentinos acostumbraban a hacerlo.

—Verás que París es una ciudad maravillosa.

—Sin duda.

—Una ciudad para ser feliz.

Levantó un enorme trozo de vidrio roto con la mano y lo puso junto con los otros al lado del felpudo.

Volvimos a abrazarnos y salió hacia la calle a coger un taxi. Miré largamente las llaves del departamento en mi mano y luego las puse sobre la mesa junto a la botella de *scotch*. El trabajoso cansancio que acomete cuando se ha cruzado el océano me subió a los párpados. Me detuve frente a la pequeña pieza de huéspedes con su cama perfectamente estirada y una mediocre reproducción de Botero sobre la cabecera. Esa asepsia me recordó el amoblado de Santiago.

Fui hasta el dormitorio de los dueños de casa.

El colchón había sido acuchillado en varias secciones y le brotaban plumas y resortes en muchos puntos de su superficie. La sábana se había derramado sobre la alfombra junto a tazas de té y rebanadas de pan negro. La cogí y en un impulso respiré hondamente su olor. Me perturbó el recuerdo de Natalie. Una noche fría en Buenos Aires me había prestado un jersey de cachemira blanca impregnado de ese aroma.

Acomodé mi brazo bajo la almohada, un hábito que tengo desde niño, y me cubrí con la sábana sin dejar de olerla.

De a poco se hizo oscuro y las cortinas se agitaron movidas por el aire filtrado en la quebrazón. Encendí la lamparilla y procuré detener la ventolera pegando con cinta adhesiva un par de páginas de *Le Figaro* contra los restos del ventanal. Luego me hundí en el sillón y reflexioné sobre mi participación en algo que debiera importarme: mi propia vida. Concluí que había hecho un perfecto enroque en nadas. Había desplazado entero mi desvalimiento de Chile a Francia. La única beneficiada con mi travesía iba a ser Susana y su frasquito de *duty free*.

*

No tenía apetito, ni ánimo de visitar los posibles estragos de la cocina. Quería un café desesperadamente, pero no me levanté del sillón.

Entonces oí que introducían una llave en la cerradura y la violenta luz del hall se precipitó sobre mi cuerpo. En el marco de la puerta estaba Natalie, más pálida que en mi recuerdo, centrada en ese abrigo de corderoy negro. Presionó el interruptor y mantuvo su mirada en mí intentando pasar de la sorpresa al reconocimiento.

—Natalie, ¿no me recuerdas?

Se puso las manos en las mejillas y sus dientes brotaron tras la sonrisa.

—¡Pero si eres el chileno!

Vino a abrazarme y luego pareció no saber qué hacer con sus manos.

—¿Qué haces en París?

—Vine a escribir un reportaje.

—¿Sobre qué?

—Sobre Kundera. Sobre Milan Kundera.

Natalie se sacó el abrigo y lo arrojó al sillón. Estaba vestida con un polerón *beatle* verde musgo y una minifalda de cuero negro. Mi mirada vino y fue de sus rodillas a los ojos azules, los párpados cargados de un maquillaje del mismo tono del pulóver y las pestañas espesas de una pasta que le daban cierto toque de filme antiguo.

—¿Cómo me encuentras?

Clavé los ojos en sus pies, en los momentos en que ayudándose de ellos se descalzaba, quedando más pequeña, más vulnerable.

—Bellísima —dije.

Entonces miró por el pasillo y fue corriendo al dormitorio. Volvió hundiendo en el cuello su polerón y estirándolo como si le faltara aire.

—¿Dónde está Miguel?

Avancé hacia ella y le apreté suavemente las manos.

—Se fue.

—¿A qué hora vuelve?

—Se fue a Buenos Aires, Natalie.

Tomó el paquete de cigarrillos de la mesa y me apresuré a encenderle uno. Con un gesto dramático se echó el pelo atrás. Exhaló el humo, y luego se cruzó de brazos. Con la punta del pie descalzo empujó suavemente un trozo de cristal.

—Así que *Paris c'est fini* —dijo sin humor.

—Eso mismo dijo él.

Fue hasta el teléfono y comprobó que tuviera tono. Lo puso de vuelta en la horquilla.

—Todo esto —levantó los brazos abarcando mucho más que el espacio de ese living— es un naufragio. Un inmenso e inconmensurable naufragio.

Abrió la puerta de la pieza de visitas y comprobó que mi maleta estaba sobre el lecho.

La retiró y estiró la frazada con las palmas mientras sostenía el cigarrillo en los labios. Me habló sin quitárselo de la boca.

—Debes estar muerto de cansancio.

—Más bien confundido.

—Te hará bien dormir. ¿Quieres comer algo?

—No tengo hambre.

Se acarició la nuca como si quisiera recordar algo, pero finalmente no dijo nada. Me traje el whisky a la pieza y me serví otra dosis en el vaso de plástico. Fui a la cocina a buscar hielo.

Por la puerta entreabierta del baño vi a Natalie mirándose en el espejo. Volví a la pieza, me recosté y puse sobre el velador las llaves. Me quedé dormido mirándolas.

*

Desperté con apetito y con un estado de ánimo poco familiar. Abrí la maleta y saqué mi camisa y mi jersey predilecto. Me los puse con energía y, sin encontrar ningún recipiente en la pieza, metí la ropa sucia bajo la cama.

Fui hasta el salón y vi a Natalie durmiendo encuclillada sobre el sillón con el teléfono pegado a su oído. Se había sacado la minifalda de cuero y con el polerón alzado sobre la cintura desnuda pude ver gran parte de su slip blanco con calados donde se notaba fuertemente la sombra de su pubis. Aunque la calefacción funcionaba, el viento, a través de la ventana mal protegida por el periódico, había bajado la temperatura. Traje la frazada de mi cuarto y se la puse encima.

Tomé el llavero con decisión y salí a la mañana parisina dejando que mi instinto me llevara para no exponerme a las hostilidades de los transeúntes preguntándoles direcciones.

En la panadería compré una *baguette* larga y dorada a la cual no pude evitar morderle la punta aun antes de que la pagara. Vagué con el pan un par de cuadras, hasta que encontré una vidriería. Mi cuerpo se reflejó en las decenas de espejos en oferta y me sentí otra persona, con el pan en la mano y sin haberme peinado.

Le di al dependiente las señales del edificio y convine una cita para una hora más tarde.

De vuelta en el departamento fui hasta la cocina, rebané el pan en generosas tajadas, hundí las bolsas de té dentro del agua hirviendo, y puse en una fuente porciones de mantequilla, queso y jamón, junto a un racimo de uvas. Sobre el mantel de la cocina caía disuelto un rayo de sol y bajo esa luz el desayuno adquirió la tonalidad de una pintura hiperrealista.

Solo cuando el té cedió su fuerte color en la tazas esmeralda y el humo se fundía con el polvillo del sol, fui hacia Natalie y la desperté tocándole el pómulo.

Con un sobresalto se enderezó sobre el sillón y levantó el auricular del teléfono. Comprobó que tuviera tono y solo entonces me extendió la mano para que se la estrechara.

—*Bonjour*—dijo.

La invité a la cocina. La luz se había posesionado del espacio. Había ahora una insinuación de intimidad de la que carecían las otras habitaciones. Celebró con un *Oh la lá* parisino mi oferta gastronómica y luego se plegó en el sillón con sus finas piernas sobre el cojín. Así, casi desnuda, afinada en el fracaso, me pareció aún más bella que en Buenos Aires.

Bebí té manteniendo ambas manos alrededor de la taza y cerca de mi rostro. En ese silencio sentí cómo sus pequeños dientes hacían crujir un trozo de *baguette* amenizado por una lonja de jamón.

—Después de desayunar me ducharé y me iré a un hotel —dije.

Ella tragó rápidamente y meneó la cabeza antes de que pudiera hablar.

—No hace falta. Está la pieza de huéspedes.

Aparté algunas migas de la mesa: las barrí con el canto de una mano y las hice caer sobre la concavidad de la otra. Luego las unté con la lengua y me las tragué.

Sorbimos otra taza de té, dando vueltas alrededor de algo impreciso. Hurgué en la camisa y no hallé el paquete de cigarrillos.

—Yo también tengo ganas de fumar —dijo ella, haciendo ademán de ir a buscar el tabaco al living.

La detuve poniendo una mano sobre la frente.

—Yo voy. No te molestes —dije.

Se abrazó a sí misma y se frotó los hombros.

—Están en mi cartera. Hay un paquete sin abrir.

Fui hasta el salón y para hacer más luz arranqué el periódico que cubría el ventanal. De un momento a otro vendría el vidriero con el repuesto. Abrí su bolso de cuero negro junto a la minifalda y metí la mano tras el tabaco. Mis dedos rozaron un objeto metálico. Creí que podría ser un encendedor, pero al cogerlo con toda la mano vi que era un revólver. Lo alcé y palpé su volumen pesándolo en mi mano derecha. No se trataba de una pistola «femenina». Era un arma de magnitud y diseño moderno. Lo volví a hundir en la bolsa y fui con los cigarrillos a la cocina. Al encender el suyo cubrió brevemente el dorso de mi mano con su derecha para proteger la llama del fósforo. Yo prendí el mío y ambos exhalamos con fuerza y nos quedamos mirando cómo el humo se fundía con el polvillo solar.

Luego Natalie adelantó su rostro y apoyando los codos sobre la mesa sostuvo su barbilla entre ambas manos justo en el medio de las filigranas entreveradas del humo, el sol y el vapor del té.

—¿Qué me dices? ¿Te quedas? —preguntó.

Aspiré muy hondo la segunda succión y me limpié una mota de tabaco que había quedado sobre el labio.

—Sí —dije.

HUSO HORARIO

Entonces quería estar en todas las ciudades, oír todos los conciertos de rock, ver todas las películas, ponerme alegre en todos los bares, y por cierto enamorarme de todas las mujeres. Esa energía dispersa e inútil me había costado ya un matrimonio, el cierre de dos cuentas bancarias y un discurso de mi hija adolescente: «Yo soy más madura que tú. No quiero volver a verte hasta que sientes cabeza».

Me hice el propósito de enmendar conducta. Dejé la dudosa profesión de periodista freelance y acepté trabajar en una agencia de publicidad con jefes formales y horarios estrictos. Me dieron la cuenta de una aerolínea que aspiraba a crecer en el mercado latinoamericano.

El gerente visitó la oficina, nos proporcionó las ideas matrices de la campaña, se ufanó de su moderna flota de Airbus y Boeing 787, del diseño «artístico» de los uniformes de sus azafatas y de su belleza.

Mi jefe me presentó al gerente como su creativo favorito. Mi plan de estabilidad se derrumbó justo cuando había recién colocado el primer ladrillo: me invitaba esa misma semana al vuelo inaugural de su aerolínea a Río de Janeiro. Por cierto en primera clase, y por supuesto con estadía en un hotel «primoroso» de Leblon. En vez de sentar cabeza, me descabezaba. El daño aumentó cuando la azafata a cargo nuestro se mostró deseosa de llevarnos a locales con música en vivo, los mismos donde hacía décadas habían cantado Tom Jobim y Vinicius de Moraes.

Mientras nos rellenaba las copas de champán reveló sin que se lo preguntara que estaba separada desde hacía un año, situación que la entristecía, pero que para su profesión le venía bien: se evitaba los terribles celos a la vuelta de cada viaje intercontinental y podía dormir a gusto tras las agobiantes jornadas en las deshoras que agitaban su vida por el atroz huso horario.

Era complicado —dijo con una sonrisa— desmontar una escena de celos a la hora del desayuno del marido, cuando lo único que ella quería en esos momentos era relajarse con un coñac, meterse al jacuzzi y dormir todo lo que el cuerpo le pidiera.

Una vez en Río cumplió su promesa: festival de caipirinhas y bossa nova, ambos inconvenientes que se compensaron más tarde con su piel dorada extendida sobre las blancas sábanas de mi habitación.

—No todas las noches soy así —explicó—. Es que es mi cumpleaños.

Perfecto, me dije, ella estaba de aniversario y era yo el que había recibido el regalo. Negocio redondo. Grabé a fuego en mi memoria el día y el mes.

Al día siguiente la vino a buscar una *navette* para llevarla a su avión junto con otros tripulantes. En cuanto abandonó el cuarto severamente peinada, con esa misma cabellera que había derramado en la noche festiva en mi lecho, me di cuenta que la amaba con tanta ternura como erotismo.

En cuanto volví a Madrid diseñé un eslogan y un afiche para la línea aérea que mereció elogios de mi jefe y de nuestro cliente: «Muy inspirado», dijeron.

Omití contarles quién era la musa.

Pero no omití intrigar con la aerolínea para enterarme en qué vuelo trabajaba ese día. Cuando supe que era el 666 proveniente de Nueva York la fui a buscar a Barajas con un verdadero jardín botánico en las manos. Abrazó encantada la floresta y aceptó que la llevara directamente a mi departamento.

—Nos hemos visto dos veces —le dije— pero me gustaría tenerte a mi lado toda la vida.

Ella no dijo ni sí ni no.

Acudió otras veces a mi departamento; la arrebataba la simpatía de mi gato atigrado Yago, que sabía curvarse sinuoso bajo sus caricias. Fuimos varias veces al cine, una vez a la ópera en la plaza Isabel II, y un domingo al Bernabéu, donde se rió de la pasión con que celebré un gol de Cristiano Ronaldo. Cuando la llevé al Thyssen le agendé una visita guiada en portugués y le obsequié un lujoso libro con los mejores cuadros del museo de tal tamaño que ironizó: «Capaz de que me cobren sobrepeso mañana». Se quedó mirando diez minutos la *Mujer en el baño*, de Lichtenstein.

No siempre que aterrizaba en Madrid quería estar en mi departamento, y una vez que me sorprendió merodeando el hotel Palace, donde solía alojar la tripulación, me espetó rotundamente que ella me llamaría cuando *quisiera* verme y con besos en sendas mejillas se alejó hacia la recepción. Esa misma noche le mandé un mail proponiéndole matrimonio.

Con esta iniciativa, mi azafata mostró su faceta más cortés: pues al no contestarlo me ahorraba el tormento de una negativa. Cada vez que contemplaba los cúmulos de nubes flotando en el seco aire de Madrid, pensaba en ella allá arriba. Y cada canción de moda que sonaba en la radio de mi coche, la tenía a ella como heroína. Tuve un mínimo topón con otro auto al no frenar a tiempo ante el semáforo rojo. El dueño del vehículo se bajó y tras constatar que ni siquiera había una ralladura, me sonrío: «Maneje concentrado, hombre. ¿O anda enamorado?».

Quedé perplejo con su pregunta. ¿Era tan evidente lo que me estaba pasando que hasta los desconocidos que chocaba se daban cuenta?

Le mandé otro mail insistiendo en la boda.

Esta vez respondió: «No».

Pero también agregaba: «Mañana por la mañana llego en el 699 desde Nueva Zelanda. Es un día especial, ¿cierto?».

Me precipité sobre la agenda: ¡su aniversario! Se cumpliría exactamente un año desde que alborotara mis sábanas y mis emociones en Río.

Agredí con mi tarjeta de crédito una boutique de lencería y las tiendas gastronómicas más exclusivas. De paso fui donde un estilista al que le pedí que me diezmara el pelo con un diseño que me hiciera parecer más joven. «No el corte mohicano de los futbolistas», le advertí. Aunque hizo maravillas con la tijera, no logró ocultar aquello que en todos los cuentos se describe como una «incipiente» calvicie.

Esos vuelos maratónicos llegan siempre a Barajas de madrugada, de modo que me metí temprano al lecho y puse el despertador para las seis. Más difícil que despertar era quedarme dormido. Estaba nervioso, excitado, confundido. Me di vueltas en la cama hasta que la piedad de algún ángel guardián me concedió una hora de sueño.

Era octubre y llovía. Pensar que esa hora desatinada para mí era el hábito de tantos que se trasladaban en coches a sus puestos de trabajo. También mi dulce azafata era una anomalía con sus horarios sin rutina. Subí hasta la terraza pues quería ver la gloria del aterrizaje de ese 787 e imaginar que así comenzaba a compartir con mi amada su aniversario: un cruce entre el ave celestial y el animal terrestre. La lluvia me mojó sin que buscara protegerme: me hacía bien estar así de expuesto. Entregado a ella. Quizá quisiera secar mi pelo con su manos.

Y llegó: deliciosamente vulnerable, con ese aire resignado que da el cansancio tras una paliza transcontinental. Ya en el departamento le preparé una tina de agua caliente con infusiones orientales y la envolví en una lujosa bata de seda cuando salió del baño. Palpó fascinada la calidad de la tela y me miró inquisitiva.

—Tu regalo de cumpleaños —dije.

La conduje hasta la mesita del desayuno. Había cuidado de instalar en uno de los silloncitos a mi gato Yago, quien tuvo la doble inspiración de saludarla con un afable gruñido y de acomodar luego su lomo para recibir la talentosa caricia de ella: *mi ella.*

—Es un exquisito —comentó.

Y entonces desplegué el mantel que cubría la mesa con el ademán triunfal de un mago: crujientes galletitas saladas untadas con caviar iraní, la robusta cabeza del Pommery emergiendo de la cubera de plata, las lonjas de salmón ahumado de Alaska salpicadas con salsa de rabanito picante, la cafetera despidiendo su aroma colombiano, y las rosas rojas en el vaso de ámbar abiertas como en homenaje. Apreté el botón del control remoto y los parlantes derramaron un tema también rigurosamente preparado: Ella Fitzgerald cantado «I can't get started», la canción alusiva a la aviación que realmente me gusta, tanto más que el lugar común de «Fly me to the moon»:

I've flown around the world in a plane
I've settled revolutions in Spain
The North Pole I have charted,
but I can't get started with you.

Sonaron nuestras copas, ronroneó el gato Yago, un punto de negro caviar manchaba con gracia uno de sus dientes de inmaculado blanco, el champán me deslumbraba el paladar, y entonces creí llegado el momento de decírselo; mis manos firmes sobre sus hombros cubiertos por la bata hollywoodense, la mirada fija en sus ojos verdes.

—Es el día de tu aniversario. Ya te entregué mi regalo, pero como también es *nuestro* aniversario, el de aquella primera vez en Río, quiero que me regales algo: acepta casarte conmigo.

No apartó la mirada, pero algo parecido a una sombra le disminuyó la sonrisa. Se humedeció los labios.

—*Darling* —dijo finalmente, con un toque de tristeza—, no puedo.

—¿Por qué no?

—Por el huso horario. El maldito huso horario.

—No comprendo.

—Hoy ya celebré mi cumpleaños con un desayuno idéntico a este en Auckland.

—¿Idéntico?

—Idéntico, mi amor. La misma mesa, las mismas flores, el mismo champán.

Sonreí con desganada sorna, esperando acaso el auxilio de una gentileza.

—De modo que todo fue igual para ti hoy en la mañana. Todo totalmente *idéntico*.

—No, cariño. No totalmente idéntico. Había una diferencia.

Un parpadeo de esperanza me animó la mirada.

—¿Cuál?

—La mascota era un perro —susurró, mirando con ternura a Yago.

EJECUTIVO

Los días de pago, Pedro Pablo Salcedo apartaba de su sueldo dos billetes azules y almorzaba en el mismo restaurante que sus patrones. Allí se ofrecía un «menú ejecutivo», expresión que le causaba melancolía, pues como contador de la editorial lo único que «ejecutaba» eran órdenes de sus superiores: básicamente atrasar lo inhumanamente posible los pagos a los acreedores.

Este almuerzo de fin de mes lo reconciliaba con las asperezas de su trabajo y el vino tinto Antiguas Reservas mitigaba su envidia y resentimiento hacia los gerentes. Al escanciar la última gota le llamó la atención un incidente en la mesa vecina.

Una bella mujer se había inclinado sobre el mantel y reñía a un hombre que miraba hacia la puerta del local con desesperada paciencia. El énfasis en sus manos pálidas, acentuadas por dos anillos con diamantes, la hacía intensamente expresiva, y desde su esquina Salcedo bajó la vista hacia aquellos desprejuiciados muslos que una escueta minifalda de cuero mostraba con excitante plenitud.

De pronto sonó el celular junto a la panera de la pareja y el elegante hombre de pelo rubio, visiblemente aliviado por esa interrupción, atendió raudo la llamada. La hermosa mujer miró al artefacto encendida por la cólera y echando hacia atrás la silla con violencia derramó la servilleta sobre los camarones ecuatorianos recién servidos y abandonó el restaurante haciendo tintinear las llaves del auto. El hombre interrumpió la charla telefónica, puso el celular sobre una silla, alargó tres billetes de diez mil sobre el mantel y corrió tras ella.

Acariciándose un pómulo, Salcedo deseó haber sido actor de un drama como ese, un arrebato de pasión y celos que animara su vida, la voz de una amante próxima a sus lóbulos conminándolo a decisiones, la suave trama de esas mujeres que resbalaban a toda página en las satinadas revistas que leía en peluquerías o consultorios. Poseer a la amante de un empresario.

Mientras la sorprendida camarera despejaba la mesa de la fugaz pareja, terminó de servirse el postre y puso su atención en el teléfono abandonado sobre la silla. Cuando la sirvienta levantó el mantel y fue a la cocina se animó a filtrarlo en un bolsillo de su chaqueta.

Al término de otra semana irrelevante, por fin había ocurrido una aventura.

*

En la oficina extrajo el teléfono del saco, se aflojó la corbata, y limpiándose las manos en los pantalones como si quisiera borrar las huellas de un delito, detuvo la vista sobre la abrumadora cantidad de boletas con que los oficinistas querían hacerse pagar gastos privados como actos de servicio a la compañía. Él hubiera preferido mil veces haber usado todos esos dineros en vez de ser el acucioso árbitro de lo legítimo, lo fronterizo y lo inaceptable.

Convencido de que los rangos dentro de la empresa eran más bien cosa del azar que de los talentos individuales, se propuso vagamente no permitir que toda su personalidad se agotara en la función que desempeñaba. Justo entonces la puerta se abrió y una ráfaga de aire produjo una sensación de hielo sobre su cuello húmedo. Era su jefe, quien procedió a tirarle informalmente un talonario de cheques sobre el escritorio.

—¿Almorzó bien, Salcedo?

—Sí, señor Mackenna —dijo, poniéndose de pie.

—¿Con postre y todo?

—Papayas, señor.

—Haga cheques solo para los casos más urgentes. Los otros trate de aplazarlos cuanto pueda.

—Sí, señor.

La atención del hombre fue capturada por el celular sobre la mesa. Avanzó con autoridad, lo levantó en una mano y lo mantuvo a cierta altura balanceándolo para sentirle el peso.

—Es el modelo más liviano que ha salido —comentó.

—No lo sabía, señor.

—Y el más caro. Es usted todo un ejecutivo, hombre.

Salcedo se sintió simultáneamente confundido y halagado. Trajo a sus labios una sonrisa modesta y miró el artefacto disimulando su orgullo. El gerente se pasó la mano por el bien peinado cabello rubio y le hizo un gesto admirativo frunciendo la boca.

Cuando el señor Mackenna se hubo retirado, Salcedo cogió rápidamente el móvil y lo balanceó en la izquierda imitando con exactitud lo que había hecho su superior.

Con un cantito disimuló un bostezo siestero, y se hundió en los expedientes.

Entonces sonó el celular. Un tono más distinguido que el del teléfono. Amable, pero también compulsivo.

—Soy Mónica.

Supo, sin pensarlo, que lo más atinado sería no contestar. Dejó que el silencio creciera, intuyendo por el tono que había empleado la mujer que esta iba a ser una pausa dramática.

—¿Estás enojado conmigo?

—No —se oyó decir.

—Me porté como una grosera, ¡dejarte así de repente! Me debes odiar, ¿cierto?

—No, no.

—Es que todo es tan complicado. Bueno, no solo para mí. Para ti también.

—Sí.

—¿Me quieres todavía?

—Sí.

—¿Con pasión?

—Sí.

—¿Me perdonas entonces?

—Sí.

—No puedes hablar ahora, ¿cierto?

—No.

—Quiero verte esta noche, Ernesto. ¿Lo puedes arreglar?

—¿Y tú?

—No me importa nada. Si tú puedes, yo puedo.

—Puedo.

—¿A las ocho donde siempre?

—No, donde siempre no.

—¿Dónde entonces?

Salcedo corrió con la mano derecha la cortina sobre el ventanal y estudió el paisaje del barrio alto, ese sector que le era conocido pero también ajeno. Este derroche de lujo hecho para otro, no para él con sus trajes de marcas menores y esos zapatos que parecían ir gritando su menguado costo en cada paso. La visión de la cúpula de un edificio cilíndrico sobre la Kennedy lo hizo volver a la llamada.

—En el Highland —dijo.

—Te amo —dijo ella.

—Te amo —dijo él.

Puso el móvil sobre la ruma de cuentas y comenzó a escribir los cheques del personal con una caligrafía vibrante, un trazo que difería en volumen y presión del rutinario.

*

A las cuatro de la tarde había concluido con los sueldos, y tras entregar los respectivos cheques a la cajera fue a lavarse las manos y la cara al baño. Se frotó las mejillas con vigor y luego le propinó ceremoniales golpes de peineta a su pelo áspero y tupido. Pudo comprobar con un vanidoso gesto de las cejas que era más joven y acaso más alto que el amante de cabellos rubios.

A la salida del toilette, con un súbito impulso, se abalanzó sobre el talonario e hizo un cheque a su nombre por una cantidad importante. Luego fue hacia la cajera y le pidió que se lo canjeara en efectivo. La mujer obedeció sin requerir detalles, aunque por mera rutina comprobó que el documento estuviera endosado.

A las seis vio alejarse a los colegas rumbo a sus domicilios, contento por no tener que subirse a esos buses hostiles en esta hora de fatigoso tráfico. Tuvo compasión por ellos y sintió que esta piedad era una prolongación natural de la tristeza de reconocerse uno más entre sus pares.

—Hasta ahora —se dijo en voz alta.

Detuvo un taxi y le pidió al chofer que lo llevara al Highland. En el tablero del coche vio que eran las seis y media, y puesto que el tráfico ya no era tan fluido, supo que estaría en su destino en unos quince minutos. Puso el fajo de billetes en sus rodillas y los fue contando mientras frotaba sus bordes para que no se pegaran.

«Me llamo Ernesto», pensó. «¿Pero Ernesto cuánto?»

—Ernesto Mackenna —dijo en voz alta.

El chofer lo miró por el espejillo.

—¿Cómo dijo, señor?

—No, nada.

—Vamos siempre al Highland, ¿no?

—Al Highland.

En la puerta del edificio permitió que el elegante bedel le abriera el auto y tuvo la duda de si se daba propina en esos casos. Decidió que no. La propina se la daría al chico uniformado que ahora se ofrecía a llevarle el maletín.

En la recepción puso el celular sobre el mesón y le dijo al conserje que quería un cuarto.

—¿Para una sola persona, señor?

—Para dos.

—¿A nombre de quién?

—Ernesto Mackenna.

—¿Va a cancelar con tarjeta de crédito?

—Al contado.

Le extendieron la llave, el botones le acompañó hasta el piso 15, y entonces lo condujo a la pieza 1500. En cuanto estuvo solo fue hacia la ventana a reconocer el terreno. El centro de Santiago en su vaho de esmog, el cerro Manquehue y su cumbre rebanada, las horrorosas torres eléctricas de Cuarto Centenario que siempre le evocaban sitios baldíos ajenos a ese sector. Por los cuatro puntos cardinales todo en orden. Su Santiago de siempre, pero visto desde una perspectiva novedosa.

—Novedosa —pronunció con claridad.

Tomó el índice de servicios e hizo contacto telefónico con el conserje.

—Le hablo de la habitación 1500. Quiero pedirle un favor.

—Dígame.

—A las ocho va a venir una dama a preguntar por mí. Por Ernesto. Dígale que suba directamente a mi habitación.

—Muy bien, don Ernesto. ¿Ernesto cuánto?

—Ernesto, no más. No me gustaría que esta dama supiera mi apellido. Se trata de una amiga, usted me entiende.

—Sí, señor.

—Una diablura —dijo riendo.

El recepcionista rió con complicidad.

—No se preocupe, don Ernesto.

En cuanto hubo colgado, marcó los dígitos del «room service».

—Quiero hacer un pedido.

A sus órdenes, señor.

—¿Tiene champán?

—Sí, señor.

—¿De cuál?

—Nacionales e importados. Champán francés. Pommery. Lo tenemos en brut y en demi sec.

—Es para compartir con una dama.

—Si es una dama distinguida, le sugiero brut. El demi sec se sirve en Chile en todos los matrimonios.

—Mándeme un brut. Adentro de un balde con hielo y todo eso.

—Por supuesto, señor.

Se hundió en el lecho matrimonial estirando los brazos y las piernas y se detuvo en el impecable cielo raso. Toda la pieza olía a nuevo y el tráfico de la Kennedy llegaba ahogado en un susurro eruditamente filtrado por los gruesos ventanales. Sin cambiar su posición digitó en el móvil el número de su casa y le dijo a su esposa con prisa y autoridad, como molesto por tener que hacerlo, que un enredo económico lo retenía en la oficina.

—Un funcionario de confianza giró un cheque no autorizado —explicó antes de colgar.

*

El camarero trajo el balde con el champán, lo puso sobre la mesa de caoba y encendió la lámpara insinuándole a Salcedo que apreciara las finas, sutilísimas copas elevadas junto al balde de plata. Al darle la propina el botones quiso saber si abría la botella.

—Por ningún motivo —lo detuvo Salcedo.

Hacer saltar el corcho del Pommery en presencia de la dama era algo estelar de su puesta en escena, un momento solemne en la intriga, solo apto para los héroes de la historia. Por ningún motivo iba a dilapidar ese instante con un mozo común y silvestre.

Faltaban quince minutos y abriendo una botellita de Chivas Regal del minibar la bebió desde el gollete sin declinarla con agua o hielo. Hundió la cabeza en el cuello, reconfortado por el certero efecto del alcohol en su ánimo, e hizo estremecer su mandíbula emitiendo un «brrr» histriónico. Después fue al baño a lavarse las manos y la cara. Otra vez trabajó el peine en la áspera mata de su cabello y al ponerlo de vuelta en el bolsillo de la chaqueta ensayó frente al espejo algunas poses distinguidas tratando de encontrar aquella que más convendría a la personalidad de Ernesto Mackenna. Eligió una, levemente sinvergüenza, donde levantaba al mismo tiempo la ceja y el labio derechos.

«Como irónico», se dijo. Como más allá de los hechos.

Dispuso las luces. Los cenitales podían apagarse. El lamparón del centro, de todos modos fuera. Nada de luz en los veladores.

La lámpara de pie tenía tres intensidades. La contuvo en la menor y corrió las cortinas hasta dejar envuelto el ventanal en las ricas telas. Trajo las manos hasta la superficie del balde, las empapó en su frialdad y luego alivió con ellas sus mejillas ardientes.

Al hundirlas después en los bolsillos del pantalón para sacar los fósforos, comprobó que estaba excitado. Hizo sonar la caja en su puño y retuvo las ganas de fumar.

Se quedó junto a la puerta atento a los ruidos del pasillo y del ascensor, que ahora se detenía en el piso con un armonioso timbre. Con la manilla entre los dedos, estudió el mecanismo del seguro. Presionando el cilindro la cerradura se boqueaba, y si se ponía el cabezal de la cadena en la ranura metálica se evitaría que alguien con llave pudiera entrar desde fuera.

Otra vez pudo oírse la señal del ascensor, luego sus placas abriéndose muellemente, y enseguida los inequívocos pasos en dirección a la 1500.

Salcedo respiró hondo al oír el gong sobre su cabeza. Accionó la manilla con delicadeza, entreabrió la puerta, y en ese espacio, semiclandestino, vio pasar a la mujer con un atractivo traje de noche. De inmediato cerró brusco la puerta y apoyando encima su espalda hundió el botón, y con una rápida maniobra insertó la cadenilla en la ranura.

Ella miró desconcertada el amplio espacio y volvió la vista al hombre.

—¿Dónde está Ernesto?

La voz de Salcedo sonó carrasposa.

—No vino. Es decir, no pudo venir.

—¿Le pasó algo?

Salcedo levantó el brazo y mostró con su índice la mesita y el champán junto a la cortina crema.

—Es necesario que hablemos.

—¿Quién es usted?

—Le voy a explicar.

Ella fue rápido hasta el baño, espió su interior, y luego revisó el clóset.

—¿Por qué cerró la puerta con cadena?

—Para que estemos tranquilos.

—¿Qué quiere?

—Ayudarla.

—No creo que necesite ninguna ayuda.

—Sí necesita. Estamos frente a un caso de adulterio, ¿no es cierto?

La mujer hizo amago de avanzar hacia la puerta, pero luego se detuvo y volvió junto al ventanal. Salcedo le indicó que se sentara, puso el champán dentro de la servilleta y presionando el corcho lo hizo saltar con un estampido. Antes de escanciar en las copas insistió con un gesto para que tomara asiento. Ella puso su cartera a los pies de la silla y se frotó los muslos bajo la minifalda.

—¿Qué quiere? —dijo, cruzando las piernas.

—Sírvase champán. Es francés.

—No me interesa.

—Vamos, sírvase una copa.

La mujer probó un sorbo, pero ignoró el gesto con que él acercó su champán proponiéndole que chocaran los cristales.

—No quiero que haga nada que pueda perjudicar a Ernesto, ¿comprende?

—No es mi ánimo perjudicar a nadie.

—¿Qué es lo que quiere entonces?

—Tomar un trago, charlar un poco.

Salcedo se aflojó el nudo de la corbata y desprendió el botón del cuello. Estuvo un momento acariciándose la barbilla y puso algo más de líquido en su copa.

—Yo a usted la he visto antes, señora.

—¿Antes?

—Hoy, sin ir más lejos.

—¿Dónde?

—En un restaurante. Chino. Hasta le puedo decir el menú que pidió.

Con un pestañeo apreció el impacto de esa información en la faz de ella. Dejó crecer el silencio y luego añadió fríamente:

—Camarones.

La mujer acercó el vaso a sus labios y fue bebiendo lento su contenido hasta agotarlo. El hombre se apresuró a rellenárselo. Ella descruzó las piernas y se hundió en el pequeño sillón, sacudiendo su cabellera.

—¿Qué es lo que quiere?

—Me cuesta decir lo que quiero.

—Dinero.

El hombre le indicó la copa rellena animándola con un gesto de las cejas a que se hiciera cargo de ella. Ella se miró las rodillas y decidió cubrirlas con la cartera que tomó de los pies del sillón.

—Me gustaría que me dejara ir.

—Puede irse cuando quiera.

—La puerta está trabada.

—Usted sabe muy bien que no es eso lo que le impide irse.

—¿Qué entonces?

—El doble adulterio, señora.

—No lo entiendo.

—Usted, su marido. Ernesto, la mujer de Ernesto.

Ella frotó el cuero de la cartera, como si quisiera protegerse en ese ademán.

—¿Cómo sabe todo esto?

Salcedo miró los muslos de la mujer, luego su frente y finalmente su cabello castaño ligeramente desordenado.

—«Quiero verte esta noche. ¿Lo puedes arreglar?» «¿Y tú?» «No me importa nada. Si tú puedes, yo puedo» —recitó sin énfasis—. La tecnología moderna, señora. Caen diputadas, senadores, generales. ¡Cómo no van a caer un par de amantes!

Ella abrió la cartera y extrajo un talonario de cheques enfundado en cuero azul. Lo abrió y alisándolo con las palmas levantó conminatoria la barbilla hacia el hombre.

—¿Cuánto?

Salcedo adelantó una mano y la puso sobre el dorso de la de ella.

—No sabría decirle cuánto. No tengo la práctica.

—Sin embargo, no parece un chantajista aficionado.

—Solo ato una cosa con otra y saco conclusiones.

Ella liberó la mano y volvió a esgrimir la poderosa lapicera.

—Un millón. ¿Le parece bien?

—Con eso no pago ni el hotel, señora. Menos, el champán. Es francés.

—Millón y medio.

Salcedo fue hasta la cortina, la corrió con violencia, y luego abrió el enorme ventanal. El tráfico se atochaba en la desembocadura de Vespucio con la Kennedy y parecía que todos los conductores se hubieran puesto de acuerdo para tocar sus bocinas. Una ambulancia hacía girar la luz azul de su sirena sin que los vehículos lograran organizarse para cederle paso.

Prefirió no mirarla cuando dijo:

—Me cuesta mucho expresarme. Pero no es dinero lo que me interesa.

Ella se levantó y fue otra vez hacia el baño. Hizo correr el agua del lavatorio y se humedeció las mejillas. A través del espejo pudo ver que Salcedo se había acercado y la miraba. Puso dos dedos bajo el chorro y esta vez se mojó la frente apretando al mismo tiempo el ceño como si quisiera precisar el epicentro de una cefalea.

Volvió hasta su copa y se sirvió el último sorbo.

—¿Y usted no le llama chantaje a esto?

El hombre expandió una sonrisa golfa.

—No, porque es la admiración lo que me mueve. No el dinero.

—Y si no es chantaje, ¿cómo podría llamarlo?

Levantó el labio y la ceja como Ernesto Mackenna.

—Un trueque —aventuró.

Vino a su lado y con el dorso de la mano le acarició un pómulo. Ella levantó altiva sus ojos marrones enfrentándolo.

—Hace mucho calor —dijo.

Salcedo cogió entre sus dedos el botón superior de su blusa de seda y recorrió con las yemas su breve circunferencia acariciándole un pezón. Ese acto le reveló que el pecho de ella estaba convulso. Entonces rozó la parte superior de sus senos.

—¿Qué le pasa? —preguntó Salcedo, abriendo el segundo botón, con la vista fija en los encajes del breve brassiere.

La mujer observó la mano que manipulaba el resto de los botones de su blusa y dijo con voz débil:

—Soy una persona con tantos problemas. Y ahora esto.

—Tómelo como una aventura.

—Todo es tan complicado.

—Eso mismo dijo en el teléfono.

Salcedo desprendió el gancho del corpiño permitiendo que ambas partes cayeran sobre los senos. Dudó entre acercar sus labios para morder un pezón o esperar. Se contuvo.

—Esta tarde estuve donde mi psiquiatra. Me encontró muy mal.

—¿Por qué?

—Por mis arrebatos. Me dejo llevar por mis impulsos. Hay veces que no puedo controlarme.

—¿Como esta tarde cuando se fue de golpe del restaurante sin servirse la comida?

—¿También sabe eso?

—Y también sé que usted me gusta mucho.

Bajó la mano del pecho y acarició su vientre por encima de la falda.

Abrazándola la condujo hasta la cama y la puso suavemente sobre la colcha color crema. El pelo se esparció y su rostro vulnerable quedó aún más expuesto en la frágil luz que cedía la lámpara de pie. Cuando Salcedo aproximó su boca buscándole los labios, ella se los negó con un gemido. Él mojó entonces su lóbulo derecho con la lengua y luego cogió vigorosamente su barbilla y la sostuvo para asestarle un beso. Ella apretó los labios y negó con la cabeza.

—Abre la boca —le ordenó Salcedo, ronco.

Ella obedeció con las mejillas mojadas por un violento llanto y el hombre entró con su lengua profundamente en su boca y lamió su paladar. Ella volvió a gemir, ahogada, y quiso desprenderse empujándolo de los hombros, pero él la contuvo imponiéndole todo su cuerpo encima. La mujer fingió que cedía, y cuando Salcedo aflojó la presión pudo resbalar por debajo de su tórax hasta caer del lecho. Se puso de pie de un salto y al ver el ademán de él ofreciéndole el brazo para volver a atraerla, retrocedió de espaldas.

—No quiero esto —dijo agónica.

—¿Qué es lo que quieres entonces? —preguntó Salcedo, levantándose.

La mujer abrochó temblando los botones de su blusa, y recorriendo con la vista la penumbra de la habitación pareció buscar una respuesta en ese espacio. Absurdamente hizo un repetido movimiento de negación con el cuello y hundió la barbilla en sus manos entrelazadas. Una brisa condujo su atención hacia la ventana abierta, y entonces, con un impulso que a él le pareció de una velocidad irreal, se lanzó al vacío.

Salcedo se sintió súbitamente petrificado, frígido en el hielo y la lividez que le treparon de los pies a la nuca. Pensó «Dios mío», pero no tenía sonidos en la garganta. Al turbulento tráfico de la avenida se sumó ahora el de una alarma en los pasillos del hotel, estridente y sincopada como la bocina de una bomba de incendios. Recogió su chaqueta caída en la alfombra y sin ponérsela fue hasta la puerta de salida.

Mientras trataba de destrabar la cadena oyó sonar la campanilla del teléfono móvil.

Levantando el seguro, Salcedo salió hacia el corredor con la firme decisión de dejar esta vez la llamada sin respuesta.

EFÍMERA

Me gustaba así como te gustan las mujeres cuando realmente te gustan. Te llenan de una vaga impaciencia. De incertidumbres. Te devuelven a la adolescencia. Te quitan la locuacidad. La experiencia de años se hace añicos.

Tenía el modo soberano de una mujer que ha estado por todo el mundo. Que conoce personalmente a un pintor expuesto en el Reina Sofía o a una actriz ganadora del Goya.

Pronunciaba las sílabas completas y altiva, con una modulación perfecta. Parecía que acababa de inventar el castellano y que disfrutaba sus sonidos con meticulosa fruición.

Yo que vengo de un país donde la *ese*, la *ce* y la *zeta* dan lo mismo, me sentí instantáneamente fascinado y al mismo tiempo analfabeto.

Ella era fotógrafa madrileña y yo pintor.

Viéndome así de torpe ya se habría preguntado diez veces por qué su revista quería hacer un reportaje sobre mí; al fin y al cabo, pintores hay a granel. Mi galerista me había dicho: «Si cada una de las personas que pinta comprara al menos un cuadro por década, mi profesión sería la más rentable del mundo».

Estábamos en la terraza del hotel de Punta del Este, en Uruguay, y ella limpiaba con un fieltro lentamente los lentes de los focos de su cámara sonriendo irónica a la espera de que yo sucumbiera al lugar común de decirle lo mucho que me gustaba para sonreír y llevarse indiferente mi elogio a su largo archivo de halagos.

El periodista que me iba a entrevistar venía atrasado con su auto desde Montevideo y el balneario estaba vacío: era invierno, el mar turbulento, y unas majestuosas olas eran evaluadas con respeto hasta por los surfistas en sus ceñidos atuendos.

En la mesa, dos piedras evitaban que el viento levantara el mantel y volcara nuestros martinis con sus respectivas aceitunas atravesadas por un mondadientes.

Pero más inquietante que los tragos era la llave al lado de su copa, la de la habitación número 31.

—Así que eres chileno —dijo de pronto.

—Sí.

—Qué divertido.

—¿Por qué?

—Un país así tan largo, tan flaco. Nunca he estado allá, pero me lo imagino tan estrecho. Debe ser incómodo.

—A ratos. Pero tiene una gran ventaja. Miles de kilómetros de mar. Es decir, el infinito al alcance de la mano.

—¿De qué sirve el infinito si una es tan efímera? —dijo, tras beber melancólica un sorbo de su martini.

No supe qué contestar, pero en un éxtasis tuve una visión total del mar azul de mi patria y una suerte de coraje delirante me impulsó a levantarme de la mesa. Me despojé del polerón, del buzo deportivo y quedé vestido en pocos segundos solo con mi malla.

—Un chapuzón —anuncié, vaciando de un envión mi cóctel.

La fotógrafa se envolvió el cuello en un chal negro y sonrió escéptica.

—No lo harás.

Caminé hacia la orilla. Al aproximarme a los surfistas, el que parecía de más edad me miró incrédulo.

—No me diga que se va a bañar.

—Es que hice una apuesta —dije, sintiendo el agua helada rozar mis pies.

—Pobre. La perdió.

—No, la gané. Pero ni se imagine lo que está haciendo en este momento el que la perdió.

Corrí hasta la primera ola y me zambullí por debajo con energía suficiente para que no me arrastrara de vuelta a la playa. Al comienzo grité de dolor: el hielo provocaba punzadas en mi frente. Pero al enfrentar con éxito la segunda ola, grité de dicha. Era terriblemente efímero, pero estaba sumergido en el infinito. Eso era todo. Había prometido un chapuzón que deseaba entrañablemente y había saludado con mi osadía a ese dios que Saint-John Perse llamó el mar de toda edad y todo nombre.

Corrí de vuelta a la mesa a taparme con el polerón. Ambos vasos estaban vacíos y bajo la llave de la habitación 31 había un papel doblado. Parecía un mensaje.

Tiritando, lo desplegué y leí:

Chileno, al parecer se me quedó en la mesa la llave de mi habitación. Si la encuentras, ¿me la traes?

UNA NAVIDAD COLOMBIANA

En Cartagena de Indias visité a una mujer que me gustaba.

Tez pálida, pelo azabache, ojos soñadores y cierta rigidez en los modales que la hacían distante, casi despectiva.

Era joven, pero vestía como una mujer mayor. Me asombró al llegar a su departamento que tuviera un hijo de diez años. De ojos café. Como los míos.

Mayor estupor me provocó el hecho de que me colocara un cubalibre en la mano y me disparase sin sacar el arma de la cartuchera que no me hiciese ilusiones con ella, que había leído extensamente mi biografía en Google y que le constaba que era casado y que tenía hijos. Un varoncito y dos niñitas, precisó.

—Tú también tienes familia —le dije.

—Es distinto —me dijo ella—. Yo soy mujer.

No supe exactamente qué es lo que quería decir con eso.

Bebiendo más rápido de lo prudente el cóctel, inquirí cuál era la razón por la que me invitaba esta noche.

—Hospitalidad —dijo, rellenándome el vaso—. Los colombianos somos hospitalarios y tenemos fama de tener buena dicción.

En efecto, había dicho la palabras *hospitalarios* como quien anuncia la promulgación del Tratado de Versalles.

—No era necesario que me invitases —le repliqué.

—Lo que sucede es que no puedo ver que una persona como tú, un artista, se quede solo en la noche de Navidad sin poder volar a su casa porque a todos los cartaginenses se les ocurre llenar el avión para irse a otros lados que en verdad no les gustan.

Le dije que había pensado tomar un bus hasta Bogotá y desde allí ver si agarraba un avión a Chile, pero en la estación descubrí que los choferes estaban de asueto. Es decir, habían estado celebrando y el dueño de la empresa profilácticamente los *declaró* borrachos.

Me pidió que la acompañara a su habitación mientras el niño veía una película norteamericana con coreografías de *Jingle Bells* y *Santa is back in town*.

Ya en la pieza cerré la puerta que había quedado entreabierta e intenté besarla. Puso la palma de su mano derecha sobre su boca con la misma decisión que una comerciante baja la cortina metálica de su tienda.

—Te traje a mi cuarto porque quiero que le des una alegría a mi hijo.

Del clóset sacó una caja cuadrada envuelta en papel laminado con motivos navideños: nieve, trineos y pinos, es decir un refrescante contraste con ese calor de horno de pizzería del Caribe.

—Regálaselo en cuanto cenemos.

—¿Cuál es el menú? —dije.

—Yo no —aseveró deliciosa, pero sin simpatía.

Me acordé de una canción favorita de mi juventud: «What a difference a day makes». En uno de sus versos asegura que no hay nada mejor que encontrar «romance on your menu».

—Está bien —dije, tratando de descomprimir el erotismo que me había chicoteado para acudir a esta cita en vez de estar tendido en el lecho bajo el ventilador del hotel oyendo por los parlantes «White Christmas»—. Le daré el regalo en cuanto comamos el postre.

—El postre es torta.

—Bien, comemos la torta y le entrego el regalo. ¿Cómo se llama el niño?

—Francisco Javier —me informó—. Pero el padre lo llama Xavi. Cuando le entregues el regalo puedes decirle Xavi. «Feliz Navidad, Xavi». Estará bien así.

Volvimos al salón y cenamos. Ella con cerveza y yo proseguí con mis estudios avanzados en cubalibre.

Llegó el minuto del postre. Nos embadurnamos los labios con la pomposa crema de la torta, y tras limpiarse sus labios tan deseables manchando la servilleta con rouge, la mujer me guiñó el ojo.

Alcé desde abajo de las faldas del mantel el presente, y lo extendí por sobre la mesa, agregando: «Feliz Navidad, Xavi».

El chico puso su regalo sobre la alfombra, descuartizó el envoltorio tan amorosamente dispuesto, y sacó un juego electrónico de extraterrestres que le iluminó el rostro.

—¿Cómo supiste que era esto lo que quería? —me dijo, estampando en mis mejillas sendos besos.

Le sonreí levantando los hombros.

—Intuición —contesté.

Ella también vino hacia mí y repitió, calcados, los dos besos que me había dado su hijo.

—No hay nada más lindo en Navidad que ver una familia unida —dijo.

EL AMANTE DE TERESA CLAVEL

Mi relación con Estévez comenzó con algo tan tenue como la letra inicial de nuestros apellidos. El mío lo omitiré pues más bien pertenece a los anales de la ignominia. Baste saber que al igual que en esos días escolares cuando el maestro interrogaba junto al pizarrón a los alumnos de a dos, uniéndolos por su consecutividad en la lista, así Estévez y yo fuimos sorbidos de la cárcel y embalados en un avión Swissair a Zúrich, donde un grupo de idealistas había actuado frente al dictador de nuestra patria conminándolo a que nos soltara. Cuando el director del presidio nos llamó ese día de lluvia tropical, lo hizo con un grito que bien podría servir de título a esta confesión: «Salen Estévez y el otro».

Yo soy el otro.

Una variable en este ejercicio turbio, un comodín en la noche de los tahúres.

Cuando aterrizamos en la consecuente llovizna de Europa, cinco o seis personas nos esperaban en la losa del aeropuerto. Una muchacha de atuendos casi gitanos, rizos pelirrojos alborotados, nariz enfática, y baratijas en sus muñecas, sostenía un cartel: «Estévez».

—Usted debe ser el otro —me dijo emocionada, untándome un beso en cada lado de mi barba de meses de cautiverio.

Cuando preguntaron por nuestro equipaje, Estévez exhibió un papel donde solo se consignaban nuestros nombres y fecha de expulsión, y agregó, con una sonrisa que tuvo un efecto contagioso:

—Esto estaría siendo todo.

—Miserables —rugió la pelirroja con anteojos Lennon—. Ni siquiera los dejaron traer sus cepillos de dientes.

Era una chica con enorme energía y carencia de humor. Cuando extraje del bolsillo trasero de mi pantalón la peineta con exactos cinco dientes, como las del popular Billy Bayley, y dije: «No hay que dramatizar. A mí me permitieron traer esto», me miró cítrica y compungida.

Del aeropuerto fuimos a un gran almacén donde nos probamos pantalones, camisas, zapatos, zapatillas de gimnasia y una chaqueta blanca cruzada, irónicamente de un modelo idéntico al que tenía el oficial que me arrestó en Puerto Príncipe, para llevarme luego a un lugar secreto, donde tras unos golpes admití que había alojado en mi departamento a un hombre que buscaban con ahínco. Un par de bofetadas más alcanzaron para sugerirles un nuevo paradero. El azar, o su buen conocimiento de mi vulnerabilidad, hizo que mi amigo mudara su domicilio y, a la espera de que se me ocurriera una delación más precisa, me tuvieron preso algunos meses.

Allí conocí a Estévez.

Por cierto que lo había visto en las fotos de los diarios, el mentón decidido, la vena de la sien alborotada, los ojos de sus interlocutores magnetizados, pero en la realidad de la celda estaba disminuido por la tortura, la tristeza, la frugal comida y la derrota. El mismo día en que me trajeron percibí su prestigio. Los prisioneros querían enterarse de mi trayectoria presumiendo en mí un pez gordo de la democracia fracasada o un activista del movimiento Lavalas. Estévez me recibió con un abrazo y me alcanzó un cigarrillo que fumamos en un silencio fraterno y lento. Tras tirar la colilla por las rejas, quiso saber mi nombre y mi militancia. Cuando le dije que carecía de ella, pareció disfrutar de mi discreción. Era el lugar común de todos los partidarios del Gobierno depuesto.

¿Por qué me pusieron con él? ¿A mí, que hubiese dado todo por aparecer un día en la prensa? A poco andar me contagié con las especulaciones del ambiente, y un día, en esas promiscuidades entre guardias y cautivos, donde los primeros se muestran ostentosamente «humanos», se lo pregunté al sargento Couffon:

—Cuando el perro es grande, qué importa el tamaño de la pulga —dijo con brusco mal humor.

En las noches oíamos una pequeña radio portátil que a veces traía ondas del extranjero. En ellas se afirmaba la inminencia de una sublevación popular en Gonaïves, y se hablaba de campañas en Europa para demandar, entre otras granjerías, la reposición de Aristide y la libertad de Estévez. Que pronto se la concederían me resultó claro al advertir que dejaron de martirizarlo y que le trajeron brocha, navajilla y jabón. Desbrozado de esa maraña de pelos y costras de cicatrices frescas, era un hombre distinguido, de una belleza altanera.

Al lado suyo, yo parecía un signo de admiración al fin de un adjetivo. Fui flaco toda mi juventud, y los meses en presidio habían perfeccionado patéticamente este talento.

En las pocas rondas de presos sobre una cancha de fútbol improvisada con piedras en vez de arcos, Estévez daba palabras de aliento a los decaídos, repartía algún cigarrillo traficado en quién sabe qué operación, recitaba un párrafo futurista que minimizaba la catástrofe que padecían, oía con intensidad rayana en el fervor las letanías de sus interlocutores. Era como si naturalmente hubiera ocupado el puesto de imán del presidio. Igual que si una tácita elección lo hubiese nombrado presidente de esas sombras.

Por mi parte, pasaba las horas entretenido en mi falta de perfil. Ni los días previos al derrocamiento, ni en mi cautiverio, había contado el depuesto Jean Bertrand Aristide con mi adhesión o interés. Sus utópicos simpatizantes me causaban un soponcio tan abismal como el de sus brutales detractores. Que entre tantos vociferantes hubiera caído yo con mi silencio pusilánime a la cárcel podía interpretarse como una ironía que hasta mis guardianes terminaron por entender. Solo con alguna imaginación podía amenizarles los interrogatorios, pues en mi alforja no había nada nutricio. En la cárcel no preguntaron mi nombre, menos por discreción que por desinterés. Cuando me llamaban lo hacían con un apodo genérico en el cual me sentía —al menos lo creí así entonces— holgado: «Flaco». No sabían cuánto me humillaban cuando me preguntaban si mis hazañas en la resistencia habían salido en algún diario.

Un sábado en la mañana se anunció para el mediodía la visita de un político francés y nos concedieron a cada uno un minuto bajo la ducha y un trozo de jabón. La fugaz ocasión me puso al tanto de las llagas en el cuerpo de

Estévez, pero también de sus atributos sexuales. No precisé en ese instante el significado de la agradable emoción que me impregnaba: en ese rubro podía competir con Estévez de igual a igual, y dependiendo de sus inflexiones en el momento preciso, quizá hasta con ventaja. Esta constatación me vigorizó tanto como los escalofriantes chorros de agua frígida. Solo que aún no se me ocurría cómo darle curso a este relativo talento.

La despreciable ocasión comenzó a germinar en Suiza. Nuestros incandescentes anfitriones no estaban por cierto en el poder. Su escasa influencia la obtenían estrujando arcas religiosas, conglomerados humanitarios, políticos oficiales a quienes convenía un tinte disidente, y el corazón de muchachos bienintencionados, quienes, convencidos de que hacer la revolución en su país era tan peligroso como imposible, proyectaban sus utopías en revueltas lejanas, cuyos detritos recogían luego con unción. Natural que a estos potros fogosos el Estado les aplicara las riendas. Para sernos permitida la libre circulación en los cantones debíamos pasar una temporada en un campo de refugiados inserto en una pequeña localidad, donde se chequeaba nuestro pasado, las actuales intenciones, y se nos ayudaba a definir un futuro honorable. Exámenes médicos, revisión del currículum político, clases elementales de idioma, psicoterapia, era la rutina de tres meses antes de soltarnos a contaminar sus urbes.

El precario destino seguía uniéndonos. Las habitaciones estaban diseñadas para dos postulantes, y ni Estévez ni yo teníamos ninguna razón para prescindir del otro. Antes bien, la ignorancia del idioma podía duplicarse si nos metían en la habitación de un polaco, nigeriano o vietnamita. El comité de recepción vino a hacer sus indagaciones en nuestro territorio. Comenzaron con Estévez. Yo hojeaba desmañadamente un *Paris Match* aportado por el cura de la localidad, que acompañaba a un traductor ya contagiado por algunos giros *patois* oídos en los aeropuertos. El funcionario me miró con simpatía y le preguntó a Estévez si prefería hablar con él a solas. Este se limitó a levantar los hombros: le daba lo mismo. Tras diez minutos de escarceos médicos más bien pueriles (si la peste cristal, si la tos convulsiva, si sarampión, si prepucio ceñido o cortado) se llegaba al grano. ¿Qué había hecho Estévez que ameritara se le concediese asilo político?

Un rosario de beata no tendría tantas cuentas como las de mi camarada de cautiverio: dirigente de un partido insurreccional durante la enseñanza secundaria, profesor de teoría a cuadros militares, organizador de juntas vecinales, ejecutante de una alianza obrera-campesina capaz de paralizar el país en un par de horas, y (dejé de mirar las fotos del *Paris Match*) amante de Teresa Clavel, célebre princesa de la clandestinidad, apodada así por la última foto de ella que publicara la prensa, con una flor roja en la boca, antes de que se sumergiera en su arriesgada ilegalidad.

Luego vino mi «turno». Mi relato fue no solamente magro, sino imprudente. No se trataba en este caso de probar al funcionario «buena» conducta, sino todo lo contrario. Garantía para la concesión de asilo era que nuestras vidas corrieran peligro en el país de origen. En un momento en que yo transitaba de un aburrido monosílabo a otro, Estévez intervino diciendo que mi «modestia» era ya patológica y transformó mi breve hospedaje a alguien que no quiso pasar una noche conflictiva en su casa en una valiente gigantomaquia. Aun así, el funcionario y su traductor no parecieron convencidos de que se me otorgase refugio. «Tú eres más bueno que el pan», dijo el traductor. Y agregó en un coloquial *patois* de chirriante acento: «*Ne sois pas sainte nitouche*». No te hagas la mosquita muerta.

Esa noche avanzamos sobre uno de los dos bares del pueblo, donde la gerente practicaba una promiscua democracia ante la ira de los vecinos que pedían la clausura del local y el cierre de las fronteras a los negros. La señora Martina tenía una mandíbula prominente y dos rojas mejillas del tamaño de un melocotón. A los vietnamitas, polacos, nigerianos, rusos y turcos los condecoraba siempre con la misma frase y la misma risotada: «Aquí se toma cerveza. No me importa que el que tenga sed sea amarillo, negro, azul con pintitas rojas, o lila con pecas verdes». Fue en ese local donde oscuramente animado por algo que aún no precisaba le pregunté a Estévez por Teresa Clavel.

—Olvídate de lo que oíste —me dijo.

—¿Mentiste?

Estévez casi me mata con la mirada. Pero de inmediato, siguiendo su superior talante generoso, dijo:

—No conviene que se sepa.

Me humedecí los labios anticipando la cerveza cuya espuma la matrona apartaba con una brocha.

—¿Tú sabes dónde está?

Hizo una pausa lo suficientemente dramática para enfatizar que su respuesta implicaba un gesto de confianza hacia mí que ponía nuestra amistad en otro nivel.

—Sí —dijo parco.

Una cerveza llamó a la otra, y quizá movido por la nostalgia de su amada, y el largo celibato, Estévez entró en detalles de su vida erótica, con una voz más ronca que lo habitual, y cierta noble objetividad ajena a toda grosería.

Según su relato, Teresa Clavel era una mujer de excitaciones rápidas, prodigiosa de humedades, muscular, con un sexo que se «amoldaba» (usó ese verbo) tan enérgica cual muellemente al suyo, vivaz y profunda con su lengua dondequiera que la aplicase, y en sus finales: agónica, derramada.

Si en la acción era alguien capaz de disfrutar del amor tanto en la forma que lo daba o lo tomaba, en la quietud era simplemente bella: la piel enmarcada en un brioso cabello trenzado, la boca ancha y frutal, el cuello suave y curioso, las manos reflexivas sobre sus pómulos levemente huesudos. Era sensible y excitable con los juegos corporales y los verbales. Algunos vocablos dichos con la respiración imprudente de sus lóbulos podían volverla *loca* (puso ese adjetivo).

Su conversación era apasionada. Seguía la actividad política con cierta fiebre poética que divertía al realista Estévez, quien al hacerle resistencia con razonamientos pragmáticos recibía epítetos de «amarillo», blando, inconsecuente, cínico. En todo caso, estas polémicas —suspiró Estévez— se licuaban tanto en el lecho como en la acción política. Teresa Clavel no podía venir a verlo a Suiza, pues tendría que salir clandestinamente de Haití.

—Y ahora olvídate de lo que oíste.

—¿Si quieres que lo olvide por qué me lo contaste?

Frotó sus manos sobre el vidrio labrado del jarrito cervecero.

—Es que tú eres como…

Estévez dejó la frase inconclusa. Creyó que suspendiéndola sería menos hiriente. Hizo un pequeño gesto con los hombros como disculpándose por no hallar la palabra. Lo odié. Lo odié minuciosamente. La virilidad de su voz, el magnetismo de su mirada, el bigote que matizaba sus labios enérgicos, el desprecio que sentía por sus llagas, la falta de patetismo con que se refería a sus padecimientos en la cárcel, la modestia con que disminuía sus hazañas, el estoicismo con que dejaba pasar los días, la certeza de sus convicciones políticas que lo llevarían otra vez a la lucha contra la dictadura en su patria y a la cama de Teresa Clavel. En cambio, yo era un profesional de la desidia.

La evocación de su amada lo había deprimido. Pero la nostalgia, en vez de ensombrecerlo, le daba una ternura de galán de cine, una atmósfera de cálida tristeza. La mesonera se le acercó y le dijo: «¿Qué te pasa, mi amor?», y Estévez le sonrió y pasó el dedo índice primero por la mejilla de la muchacha y luego lo atravesó sobre los labios e indagador se los separó con el dedo, y la chica, cambiando la expresión lúdica a una ceremonial, extrajo su lengua y se lo lamió.

Salí solo del bar humillado por la llovizna. Hasta me parecía raro que en esas callejuelas se proyectara mi sombra. Sentía mi cuerpo flaco electrizado por una furiosa emoción: quisiera estar en el lugar de Estévez. Hubiera deseado, así con esa prisa, poner mi sexo donde él había incursionado con el dedo. Abominé de mi anonimia. De esa estúpida sombra que iba por delante indicándome el camino hacia ninguna parte.

Envidiaba de tal modo a Estévez que esa noche, a solas en la habitación, mientras él holgaba con la camarera, me propuse hacer el amor con su Teresa Clavel.

Ignoré en ese instante las dosis de infamia que aplicaría en el empeño y el desenlace que hoy retengo menos por técnica narrativa que por vergüenza. Que les alcance saber que los días pasaron con perfecta irrelevancia. Clases de alemán a cargo de un maestro humanitario y sentimental, documentales sobre los ríos y castillos de la zona, campeonatos de ajedrez y ping-pong, fotos de perfil, de frente, de espalda, firma de solicitudes, colas ante la caja para recibir nuestras mesadas.

Hasta que una noche llegó agitado a nuestro cuarto el funcionario que tramitaba los asilos.

—Tengo el corazón dividido pues les traigo noticias buenas y malas. —Se frotó la barbilla y respiró hondo—. La buena nueva es para usted, señor Estévez. La comisión acordó otorgarle el asilo y financiar su estadía en nuestro país hasta que encuentre una ocupación… digna. La mala noticia es para usted, ¿señor…?

Se sumergió en los expedientes a la búsqueda de mi apellido, ocasión en que adiviné lo que me referiría. Mi modesta imaginación no había ayudado a mi parco prontuario, y la generosa fantasía de Estévez les resultó sospechosa a los burócratas. *Bref:* habían enviado un fax al ministro de Interior de Haití con los antecedentes consultando si había algo contra mí, y la respuesta yacía en el expediente:

«Absolutamente nada, interrogado y detenido por mera rutina de los servicios de inteligencia, ciudadano haitiano honorable, de buena familia, se le garantiza plena libertad y seguridad en todo el territorio».

Las autoridades suizas ponían a mi disposición el pasaje aéreo hasta Puerto Príncipe y una suma simpática de dinero que me permitiría adquirir cigarrillos en el *free shop* del aeropuerto de Zúrich. Puesto que el primer vuelo era al día siguiente, se me concedía esa noche para empacar mis cosas (el funcionario miró mis dos camisas colgadas en el perchero), y eventualmente unas horas de reflexión para ver si decidía apelar contra el retorno forzado.

Consta con creces que no soy un héroe, de modo que cuando le dije al funcionario que aceptaba sin dilaciones la expulsión, era porque me animaba la emoción de hacer más temprano que tarde el amor con Teresa Clavel.

Cogí pasajes, dinero, credenciales, folleto explicativo de las acomodaciones del aeropuerto de Zúrich, y los puse sobre la humilde mesa. En cuanto a Estévez, la policía lo derivaba a Berna. Había allí muchos organismos internacionales, oficinas hospitalarias para las ideas democráticas. A modo de confidencia, el policía le informó a Estévez que en el expediente de su caso figuraba la opinión del ministro de Relaciones Exteriores de Suiza, según la cual se le auguraba a Estévez un ministerio en un régimen renovador de la dictadura. Luego me miró con indiferencia y me puso al tanto de los detalles de la partida.

En cuanto se marchó, le extendí lápiz y papel y casi como una orden le dije a Estévez que le escribiera a Teresa Clavel. Quería darle un testimonio de mi amistad haciéndole un favor, anhelaba probarle que era capaz de un acto de coraje, y quería ponerme a las órdenes de ella para alguna misión en la patria. Solo le pedía que en el encabezamiento de la carta no constara ni su nombre ni su dirección. Yo los memorizaría. Ese sería su voto de confianza en mí: su compañero de cautiverio.

Estévez se miró los dedos y los estudió como si tuviera entre ellos una figura de barajas que podría combinar de distintas maneras. Luego entrecruzó sus falanges y las hizo crujir estirándolas. El hombre estaba tratando de precisar su intuición sobre mí. La posibilidad de contactarse con Teresa Clavel lo excitaba. El riesgo de que tras una azotaina en el aeropuerto yo cantara su paradero lo contenía. Entonces jugué mi carta de triunfo.

—Olvídalo —le dije con tono ofendido.

Era un tipo de sentimentalidad viril. No cabía en su universo que un hermano de cautiverio lo traicionara. Imposible concebir en otro la cobardía que él con tanto rigor ignoraba. Puso una mano en mi hombro izquierdo, me lo apretó fraternal, y a la luz de la fría bombilla se abocó a escribir febrilmente.

Cuando hubo concluido la página, se limitó a doblarla en cuatro y la puso en el bolsillo de mi camisa.

—Porte Verte —añadió lacónico.

Entendí que esa dirección podría darme un pasaporte a una dignidad y a una identidad de las que carecía. El blando sentimiento de reconocimiento a su confianza que humedeció mis ojos fue en aquel instante sincero. Eso provocó que él subiera su mano hasta mi mejilla y me la golpeara con cariñosa complicidad.

En cuanto el DC-10 alcanzó su velocidad de crucero, acepté un cubalibre de la azafata y me aboqué a la lectura de su esquela. Estévez naturalmente no era un poeta, mas la cursilería de sus expresiones no ocultaba una pasión genuina y una enorme precisión de sentimientos. La carta contenía una paráfrasis del verso africanista de Carl Brouard que se nos enseña en la escuela: «Tambor, cuando suenas, mi alma ulula hacia África». En la ruda versión de Estévez: «Teresa, cuando mi corazón suena, ulula por ti». Ese era el momento lírico más sensible. El resto, pura literatura carnal: describía el frío de sus sábanas suizas, el recuerdo de sus axilas bajo las papilas táctiles de su ancha lengua, la sosegada calentura con la cual esa misma lengua recorría sus encías, la obsesiva memoria de sus propios dientes mordiendo la prominente esfera de «tu culito».

Excitado apuré el cubalibre. «Estévez», le telegrafié desde las nubes, «has amarrado al perro con salchichas».

Mis temores de que en el aeropuerto me succionaran los gendarmes del dictador se esfumaron frente al control de documentos. Los policías, fastidiados de humedad y hambre, dejaban pasar a la gente de color con un manotazo desganado, «*allez, allez*». Solo a los visitantes blancos los sometían a un control en su computadora. El derrocado Aristide era bastante popular en círculos religiosos norteamericanos y se presumía en cada cara pálida un activista contra el dictador.

En mi departamento miré la guía telefónica y busqué la dirección del Porte Verte con la amargura anticipada de que todo hubiera sido un desvío ocurrente de Estévez, cauteloso político y experto catador de almas. El local existía en el directorio. Lo que sin embargo faltaba era el teléfono en mi casa. Había sido cortado de una cuchillada. Una revisión rápida de los clósets y de la cocina me revelaron que las habitaciones estaban considerablemente aliviadas. Solo artículos macizos, la cama y el refrigerador, por ejemplo, seguían en su lugar, pero se habían llevado las manillas de las puertas, la escoba y el plumero, mi colección de discos de Edith Piaf, y naturalmente el tocadiscos. En un gesto muy haitiano, de respeto por la cultura, me habían perdonado los libros.

Los bienes que traía en mi valija eran mayores que los detritos de mi habitación. Usé la maquinilla de afeitar, la fina colonia del *free shop*, la camisa de seda turquesa, el impecable pantalón de napa beige, la chaqueta blanca cruzada que hubiera sido una ironía vestir en Suiza y el rápido encendedor al cual le saqué la llamarada que me condujo al tabaco de la reflexión mirando la calle dormida. Un cigarrillo trajo a otro. Algo me decía que era *conveniente* buscar a Teresa Clavel en la noche húmeda y *patois*, en la discreción de la luna y las flojas ligaduras del alcohol tabernario. Porte Verte era un bar alejado del puerto, hacia el barrio más pudiente de la capital. Un lugar donde la clandestina mujer podría tener residencia insospechada.

¡Cuán indiferente es la naturaleza a la historia! Era una noche impecable, las estrellas equilibradas en la galaxia cual si hicieran algún sentido, la luna opulenta y delatora, los niños bailando rap en las esquinas valiéndose solo del chasquido de sus dedos, y sobre todo el mar, inquieto como un telón que pide ser alzado. Con la ventana del taxi entreabierta se duplicaba la felicidad de esa brisa. Al fin y al cabo, me dije, esta es la patria. Este instante. La patria era para mí la anticipación de mi rodilla desnuda entreabriendo desde atrás los muslos de Teresa Clavel.

El taxista me miró malicioso por el retrovisor cuando pagué, y aún sostuvo su insolente actitud un rato. Me apreciaba como un nativo vuelto al terruño con dinero europeo, ropa jactanciosa y ansias de burdel. O quizá no. Tal vez, Porte Verte era una madriguera ya detectada por Michel François y el conductor era un *attaché* que se reía de mi inminente futuro en las mazmorras. No dejó de impresionarme mi propia conducta: en vez de beber la bulliciosa saliva de Teresa Clavel, quizá esa misma noche me enterrarían en los excrementos de los neoduvalieristas herederos de los *tontons macoutes*.

En el bar les di a entender a las copetineras que buscaba algo muy preciso y que sus avances eran vanos. Tenía una cita con cierta dama y no quería que me asediaran. El repertorio del pianista era el rutinario de todos los bares «elegantes» de Petionville: «Feelings», «Me olvidé de vivir», «La sombra de tu sonrisa», «Perfidia». Junto con el segundo cubalibre le indiqué al espigado barman que se inclinara.

—Traigo un mensaje de Estévez —le dije. Y enfaticé la importancia de esta información señalando con el pulgar hacia atrás—: De Europa.

Hay un momento en los países «sísmicos» donde la vida y la muerte dependen de un cara y sello, de un suspiro o una mirada. Del abrazo fraternal a la delación media un parpadeo. Todo es pantano. El mozo frotó hasta la saciedad una copa ya infinitamente seca. No quiso mirarme. Podía sentir como una catarata el paso de su saliva por esa estrecha faringe.

—Un mensaje para Teresa Clavel —lo rematé en un susurro.

Si hasta el momento había sido su turno de pavor, ahora venía el mío. Había desbarrancado mi juego sobre el mesón. De los minutos siguientes dependía mi dicha o mi tormento. Cuando el barman se alejó en silencio fúnebre hacia el camarín de las vedettes, bien pudiera haberme dejado a disposición de un comando que me agujerearía sin inhibiciones. Pero, oh diosa ambigüedad, también ese hombre de mano segura para agitar cócteles tenía que contar tembloroso con que a mi retaguardia pudiera haber un eficiente pelotón de fusileros dispuestos a volar sus sesos y acaso el sensual cráneo de la belleza que protegía.

Había otra posibilidad: la del *crap*. Que saliera el siete en la primera jugada y que todos ganáramos. Que yo fuera de verdad un mensajero de Estévez y no un agente de Cedras, que él fuera en efecto un mozo democrático y no carnada para cazar incautos flamígeros como yo.

La incertidumbre sísmica que no recomiendo a nadie.

Concertado con el cambio de atmósfera en el cabaret, el pianista entendió que debía callar. Las tres copetineras, hace un instante protuberantes de senos y maquillaje, en la penumbra de la mesa del fondo donde se habían arracimado parecían oficinistas sin erotismo con sus minifaldas colorinches aptas para facilitar el manoseo de sus jefes adúlteros. Levanté con falso aplomo mi vaso proponiéndoles un brindis; un gesto que no les provocó ni la menor reciprocidad. Bebí ese ron local tras maraquear los cubos de hielo, con la sonrisa final de quien lo ha perdido todo.

Más tarde el barman vino y sin palabras extendió la mano. Saqué la carta de Estévez de mi chaqueta y se la pasé. Curvado, igual que si le hubieran caído encima diez años de un aventón, el hombre volvió hacia el camarín, y ahora pude *disfrutar* de ser, por primera vez en mi vida, el centro de atracción en un lugar público.

Casi como el grosor de un metal sentí en mí esa fuerza compulsiva con que almacenaba las miradas, los silencios. Identifiqué esa emoción con el modo de ser de Estévez. Él no era ocasionalmente este magneto. Él lo era todo el tiempo. Él era *profesionalmente* el protagonista de su vida. Solo mi avieso propósito, mi vicaria fantasía, me daba la posibilidad de vivir un instante como un hombre.

Luego el mozo me introdujo al camarín. Detrás del espejo se abría una puerta falsa. Se asomaba un pasillo. Desembocaba en una escalera. Allí el hombre se detuvo y me indicó que la trepara. Alrededor había sacos de harina y de maíz. Me evocó menos reservas de alimentos que aquellas barricadas y trincheras que se forman en los enfrentamientos a balas. Los peldaños conducían a una habitación mínima, una especie de bodega improvisada como pieza, donde Teresa Clavel al lado de una lámpara de pie leía tal vez por quinta vez la flamígera misiva de Estévez.

La saliva se me agolpó en la boca. El modo como esa luz clandestina perfilaba su figura le atribuía un toque mágico a su sexualidad, algo que percibí como un efecto artístico, la degradación del color de los pintores holandeses, la melancolía de un filme americano de los años cuarenta. No la deseé menos. La codicié más y de otra manera. Estévez, asediado por la continencia, había sido más bien impúdico en esa noche de confesiones, olvidando rasgos de su rostro que le daban ligereza a su energía erótica. La mandíbula delicada, las orejas pequeñas con unos lóbulos de los cuales brotaban dos breves perlas baratas, la nariz algo más suave que sus labios mulatos.

—¿Cómo se llama? —me preguntó.

La futura infamia, el análisis realista de mi existencia, la anonimia disfrazada de modestia, pusieron en mi boca este texto:

—Soy un amigo de Estévez.

La mujer agitó la carta por encima de la lámpara y luego vino hacia mí.

—Es una carta muy auténtica —dijo.

—Totalmente auténtica.

—Me refiero al contenido y no al autor.

—También yo.

—De modo que la ha leído.

—Distraídamente.

Se puso a una distancia mínima y besó tres veces mis mejillas.

—Se requiere valor para llegar hasta aquí.

—No lo llamaría valor.

Dentro del bolsillo derecho de mi chaqueta blanca apreté la navaja. Rocé el dispositivo que hacía que su filo saltara automáticamente.

—Yo a usted la amo, *madame*.

Teresa Clavel alzó la barbilla y bajando los ojos me recorrió con la vista desde los zapatos hasta la frente.

—Dado que no nos conocemos, me imagino que usted simboliza en mí su amor por la causa.

—La democracia me es simpática, pero en el fondo indiferente. Nunca he sido feliz en ningún régimen.

—¿Entonces?

—Quiero decirle que envidio la suerte de Estévez.

—¿Lo envidia? Usted tiene la dicha de estar en su propio país y él en el exilio. Lejos de todo lo que ama.

—Lejos de usted.

Sin sacar la mano derecha del bolsillo de la chaqueta, alcé la izquierda y con el dorso recorrí suavemente uno de sus pómulos. Los labios de la mujer se abrieron y la mirada se distanció cautelosa. Insistí en mi leve caricia, hasta que llevé uno de mis dedos hasta sus labios, lo hundí sobre el inferior, y enseguida lo pasé por sus voluntariosos dientecillos. Mi anhelo… Mi *locura* era que ella lo untase con su lengua, y que ese mínimo gesto desencadenara el amor. Anticipé al delirio de mi boca repleta con el jugo de su sexo. Pero la mujer alejó sus labios, leve y contundente.

—Eres un pendejo —me dijo.

—Un pendejo consecuente —dije.

Saqué la navaja e hice saltar la hoja muy cerca de su cuello.

Se dejó estar con desprecio. La apreté, hundí mis manos en sus nalgas, toqué sus senos, los mordí por sobre la tela delgada de su vestido rojo, la puse sobre la cama, le bajé el breve calzón blanco, la penetré, y en treinta segundos me fui eléctrico y convulso sobre ella. La mujer me apartó. Recogió del suelo la carta de Estévez y fue hasta la lámpara y volvió a leerla. Me apresuré a amarrar los pantalones y salir a la calle. Ni siquiera me había sacado la chaqueta.

Volví a mi departamento en Senghor y dejé correr días y noches viviendo en esa intemperie. Desde mi ventana veía pasar sin miedo ni interés las patrullas militares. Con el resto del dinero europeo compré un teléfono nuevo. Yo mismo hice la conexión, y un día marqué el teléfono de Estévez en Ginebra. Dejé sonar largo rato, pero no hubo respuesta.

En la biblioteca de la municipalidad de mi barrio, la jefa, una amiga de mamá, me ofreció una chance en la sección de libros ingleses. Un puesto inútil, pues casi no había clientes. Hay que decir que el sueldo estaba a la altura de la energía que requería. Como flaco empedernido, sin embargo mis gastos eran solo el tabaco y el ron.

Luego las presiones de Estados Unidos y las Naciones Unidas, que a mi menguado entender son la misma cosa, hicieron fuerza para que retornara a Haití el derrocado presidente. Una noticia que no me incumbía ni emocionaba. Pero aledaña a esta había otra. Para asegurar la transición, se nombraría como ministro a un hombre del presidente refugiado en EE.UU. que prepararía su retorno a Puerto Príncipe: Robert Malval. Debajo de una inmensa foto de este venía un artículo no menos extenso con el anuncio de que volvía ya un prominente grupo de exiliados. Naturalmente, con retrato y valija ad portas, el primero de ellos: Estévez.

Hice un balance de mi vida con resultados más bien frugales. Si a Estévez le esperaba un ministerio, a mí el tedio entre libros de un idioma que conocía solo por algunas canciones pop. Si a Estévez lo aguardaba Teresa Clavel, a mí el consuelo de mis sábanas solitarias.

Un escape en barco hacia Miami, frecuente en esos días, me impresionaba como riesgoso, promiscuo, melancólico, y lo peor, nadie podía asegurarme que mi vida en EE.UU. fuera más animada que en Haití.

Decidí quedarme. Al cabo de una semana sonó el timbre de mi departamento y salté de la cama para abrirle la puerta a Estévez. Se había dejado crecer los bigotes y tenía una mirada dura e intransable. En la mano traía una navaja cerrada. Accionó el dispositivo a la altura de su cadera e hizo brotar la hoja.

—Se te quedó esto en casa de Teresa —me dijo.

Casi como si lo adivinara, quise llevar mi mano al pómulo para protegerlo. En un segundo me convencí que sería un gesto inútil. Estévez me marcó la mejilla con su filo desde el pómulo hasta la comisura del labio superior derecho. Sentí el tajo profundo y caliente y me aguanté el dolor apretando los dientes.

Luego puso la navaja sobre mi cama, y en el furor de la hemorragia percibí que la colcha se manchaba de una línea roja. Cruzó sus dedos y, en un gesto que le era característico, hizo sonar los huesos. Consideró algunos segundos con desgano mi sangre alborotada, y ciertamente satisfecho de su faena se encaminó a la salida. Allí puso las manos en los bolsillos para enfatizar su indiferencia.

—Llegamos hasta aquí, porque si te mato, capaz que tu nombre aparezca mañana en la prensa.

CORAZÓN PARTÍO

Era el verano del corazón partío. Los chicos andaban con autos descapotados por la playa, las muchachas en biquini en las esquinas, y las novelas elegidas para las vacaciones eran largas y espaciosas. En una semana había mitigado el nerviosismo de Santiago, y en la lejana playa de Tongoy consumí horas de tenis y tenaces mariscos que me hicieron mirar con codicia las tres semanas de lujuria que aún faltaban para completar la felicidad.

Desde los parlantes de la playa bullanguera llegaba esa mañana la queja del doctor Alejandro Sanz: «¿Para qué me curaste cuando estaba herío?». Entonces llamó la única persona que sabía el número de mi celular. La directora de la revista *Bucéfalo* había logrado lo imposible. Un torturador de la época de Pinochet estaba dispuesto a contarme todo lo que había hecho, a quién y cuántas veces, bajo promesa de que no divulgara su nombre. Era preciso sacarse el traje de baño, ponerse los jeans, echarle bencina al auto, limpiar los vidrios impregnados de polvo y salir con la fresca del crepúsculo. La entrevista tendría lugar a la medianoche. La editora lo había invitado a cenar, y tras el postre nos dejaría un vino exquisito para que lo bajáramos a solas.

*

En el cruce de Tongoy con la Panamericana me detuvo la mujer. No estaba haciendo dedo. Era demasiado altiva, elegante y displicente para pedir algo así como un aventón. Simplemente alzó la mano conminándome a detener el coche y yo, servil a su belleza y autoridad, frené. Se sentó a mi lado y se puso con destreza el cinturón de seguridad.

—¿Va a Santiago?

—Sí. A Santiago.

—¿En cuántas horas hace el trayecto?

—¿Sin parar?

—¿Piensa parar?

—En verdad, no. Tengo prisa. Si acelero puedo llegar en cinco horas.

La mujer alzó el brazo para mirar la hora en su muñeca y advirtió que no traía reloj.

—¿Se le quedó el reloj?

—Sí.

Observó que en el dial estaba iluminado el 97.1, radio Clásica.

—Le gusta el jazz —dijo.

Subí el volumen y era precisamente Chet Baker cantando «Everything happens to me». La lentitud adolescente de esa voz me hizo acelerar por encima de lo permitido. Al fin y al cabo, todos los chilenos lo hacen.

—¿Se terminaron sus vacaciones?

La mujer quiso sin éxito ordenarse el pelo revuelto por la brisa.

—Algo más que las vacaciones —sonrió.

—Tuvo que salir rápido, ¿ah? Sin maletas.

—Es perspicaz.

—Rutina de periodista. Por el tipo de mujer que es usted sé que si hiciera un viaje cargaría muchas maletas. No me la imagino, por ejemplo, viajando a Europa con solo una mochila.

—Mi hija adolescente partió el mes pasado a España con solo una mochila.

—¿Nada más?

—Y una tarjeta de crédito que le regaló mi marido.

En ese punto los dos intuimos que entrábamos en el área chica. Pocas cosas mueven tanto a la locuacidad como la palabra *marido*. Me pareció interesante no punzar el grano como lo haría cualquier aficionado o galán incipiente. Para acentuar mi voluntad de silencio encendí las luces del coche, aunque aún no caía la oscuridad.

Terminó el disco de Chet y ella, sin pedir permiso, hizo saltar el dial. «Corazón partío.» Llevó el ritmo golpeando con las uñas sobre sus rodillas.

—¿Cómo una canción así de animosa puede al mismo tiempo ser tan triste? —dijo. Y sorpresivamente—: Somos de distintas generaciones, ¿no?

—Por cierto. Ya pasé sin ningún entusiasmo los cincuenta.

—Yo estoy en los treintaitantos —sonrió.

—Su marido quedó en Tongoy.

La mujer guardó silencio. Yo moví la cabeza siguiendo el estribillo del coro. Sonó un timbre que me alarmó y ella sacó el celular de su chaqueta. Apretó el automático de la ventana y la abrió totalmente. Tiró hacia atrás el teléfono y alcancé a oírlo estrellarse sobre el asfalto.

—Yo tuve la mala idea de no hacer lo mismo con el mío el primer día de playa. Por la culpa del teléfono tuve que interrumpir mi veraneo.

—¿Quién lo llamó?

—Mi editora. Hay una persona interesante que se decidió a hablar conmigo. Esta noche o nunca.

—¿Quién?

—Vislumbro que si se lo cuento vamos a entrar en una discusión difícil y por veinte años reiterada.

—El camino es largo.

Le bajó el volumen a la radio pero no dije nada. O sea, no quise decir nada de nada. Aguanto bien el silencio cuando manejo rápido y la noche se llena de estrellas.

Al cabo de algunos minutos giré la cabeza y vi a la mujer llorando. No se me ocurrió otra cosa que coger el volante con la izquierda y pasar mi brazo sobre sus hombros acercándola. Ella se dejó hacer y puso su cabeza en mi pecho. No había intentado más que un gesto fraternal, pero ahora sentirla respirar tan cerca me electrizó.

—En pocos minutos llegamos al Tatio. Sirven el mejor pisco sour del norte. A mí me hace falta uno y a usted, seguramente, dos.

—Está bien.

—Pero deje de llorar.

—Seguro.

El bar del motel estaba con sus neones encendidos enmarcando el enorme espejo y sobre la barra había una foto de Bam Bam Zamorano autografiada y otra de Marilyn Monroe, la del viento que le levanta la falda. Ella se secó los pómulos con el dorso de la mano y sopló hacia adentro de sus narices. El mozo vino de buen ánimo y tamborileó sobre el mesón con simpatía cómplice.

—Tráiganos tres pisco sour.

—Y la cuenta —dijo la mujer.

Sacó la billetera del bolsillo trasero de sus blue jeans y puso uno de diez mil en la barra. El mozo me miró confundido.

—Es solo que tenemos prisa —dije.

Nos quedamos mirando. Al comienzo porque sí y luego con intención. Y entonces ella bajó los ojos y yo encendí un cigarrillo y esperamos mudos los tragos. Cuando llegaron venían tal cual los había imaginado. Servidos en vasos aflautados, con un copete de espuma, y trabajosamente fríos gracias al hielo picado.

Yo alcé el mío y esperaba un gesto de ella para servírmelo, cuando un niño de siete años irrumpió en el local y se abalanzó sobre la mujer llorando. El chico se abrazó a sus piernas y ella le tomó la cabeza con ternura. Entonces entró el hombre. Era mucho más joven que yo, perfectamente bronceado, el pelo cortísimo, y los dientes y el mentón furiosos. Abrazó a su esposa, la condujo hasta la puerta y la hizo salir. Luego vino de vuelta a mí con el puño de la derecha frotando sus nudillos en la palma de la izquierda. No sabía si afinaba el puñetazo o lo acariciaba para reprimirlo.

Sentado en el taburete alto, sin alcanzar el suelo con los pies, me sentí un blanco espectacularmente vulnerable. Me puse de pie y solté el vaso para no derramarlo por el mínimo bar en caso de que se cumpliera el ataque.

El puñetazo vino sobre la sien, y a pesar de mis prevenciones caí en forma estridente sobre la losa terracota.

—Así que tú eres el hijo de puta que se acuesta con ella —dijo.

Pensé, sonámbulo, que vivía un desastre de verano: la entretenida novela de Luis Landero interrumpida en la página cien sobre el velador del hotel en la costa, la amarga cita que me esperaba al final de la noche, la madrugada llorando en el jardín de la editora, la computadora otra vez en acción contaminada por los virus de las confesiones del maldito torturador, el mundo entero bello y sin sentido rodando sin objeto. Me puse de pie, débil y soberbio, aturdido y digno, humillado y fresco, y sentí que a mi lengua desbordada de sangre acudía la hermosa certidumbre que replicaba ese golpe artero.

—Ya la perdiste, huevón. La perdiste —dije—. ¡Conmigo o con algún otro!

El hombre vaciló entre volver al ataque o regresar al jeep. Recién ahora percibí con el oído sano el estruendo de su vehículo, prepotente y compacto como él. No era de los que apagaba el motor cuando se bajaba. Alcé ambos puños sobre mi cara dispuesto a protegerme. Sin embargo, el individuo optó por retirarse marcial y en la puerta lanzó de colofón el simulacro de una risa.

El mozo vino hacia mí y entretuvo su cobardía limpiando con una servilleta la barra salpicada por algunas gotas.

Yo tomé de vuelta mi vaso y apliqué su frescura sobre la sien antes de servirme el primer sorbo. Él cogió con exceso de precaución el billete de diez mil pesos.

—Voy a cobrarme solo uno —dijo.

—No. Cóbrese los tres. Voy a necesitarlos.

OKTOBERLIED

Triste y sin dinero.

Es decir, como siempre pero peor.

Mi abuelo estaba gravemente enfermo en Santa Cruz. Solo me alcanzó el dinero para llegar hasta Uruguay.

Allí me puse a escribir en la pensión el prólogo para una edición de cuentos de fútbol europeos que publicaría El Ateneo. Me darían un anticipo. Pero no avancé demasiado.

Me dije: es la melancolía. El lugar común sobre Montevideo. Bella, pero melancólica. Una ciudad hecha a la medida de Onetti. Al abrir mi cuenta en el ordenador había un mail de mi prima Renate en alemán. «Entierro pasado mañana. Apúrate.»

Tomé un autobús hasta la salida norte. Allí avancé a pie hasta la carretera y le hice señas a los automovilistas. Iban demasiado rápido para fastidiarse en parar. Pero sí se detuvo un camión. El chofer era un hombre pequeño, de anteojos, y a su lado llevaba una mujer menuda que se acariciaba el cuello. Si ellos eran pequeños, el camión era enorme. Un Mercedes Benz demoledor. Agradecí efusivamente la gentileza de haberme recogido. El chofer me preguntó adónde iba.

Me sentí confundido. Iba hacia arriba, hacia el norte, a Santa Cruz. En un segundo comprendí que si contestaba solo «a Brasil» lo tomaría como un mal chiste, a menos que dijera «voy a Brasil» y lanzara una carcajada cómplice. Pero estaba teñido de melancolía. Le pregunté adónde iban ellos.

—A Cachoeira —contestó.

—Genial —dije—. Déjeme ahí.

—¿Va a Cachoeira?

—Sí, sí. A Cachoeira.

—Nunca he recogido a nadie que fuera a Cachoeira. A Río, a São Paulo… ¡Pero a Cachoeira!

—En verdad voy a Santa Cruz. Al funeral de mi abuelo. Pero si me deja en Cachoeira quedo muy bien. A tiro de piedra de Santa Cruz.

—Lo podemos llevar a Santa Cruz. Trabajamos en la industria del tabaco.

—Gracias, mil gracias.

—¿Usted fuma?

Me pareció táctico decir que sí.

—¿Quiere un cigarrillo?

—Ahora no, gracias.

Pasamos mucho tiempo en silencio. Es decir, a veces hablaban algo entre ellos que no lograba entender, y no me involucraban en la conversación. Avanzamos eternidades de kilómetros. De pronto la mujer torció el cuello y me miró hacia arriba.

—Usted no habla mucho.

—No, en realidad no hablo mucho. Además, lo poco que hablo lo hablo en español. Temo que no me comprendan.

—¿Y a qué se dedica?

Absurdamente hice la mímica de escribir sobre el vidrio delantero del vehículo.

—Escribo. Soy escritor. Es decir… escribo…

—¿Ha publicado libros?

—Me encantaría publicar uno. Pero primero tengo que escribirlo.

—¿Y en qué trabaja?

—En lo que caiga.

—Siempre viaja así. ¿A dedo?

—No cuando tengo dinero. Pero ahora…

La mujer sacó de una bolsa plástica manzanas verdes, le pasó una a su marido, otra a mí, y frotó la suya en la falda. Yo le pegué una gran mordida y masqué el trozo con fruición. El chofer no había dicho una palabra hasta entonces, pero tras mascar su fruta y tragar un pedazo pareció animarse.

—En Santa Cruz va a tener tema para una novela.

—Si no encuentro un tema, al menos ojalá que mi abuelo se haya acordado de mí en su herencia.

—Encontrará trabajo. Es octubre. *Oktoberfest.* Hay mucha oferta dc trabajo. Empleos ocasionales.

La mujer pareció encontrar cómica esta información, pues comenzó a reírse, de tal manera que sus hombros se sacudieron. Y también su marido emitió algunas carcajadas desproporcionadas para su pequeño cuerpo.

La risa de ambos me dio risa y aunque tenía pena y hambre me reí también.

—Una noche —dijo el hombre— ella y yo nos bañamos en una tina llena de cerveza. Salió la foto en el diario. En *La Gazeta.*

—Todo muy decente —dijo ella—. Estábamos con traje de baño. Bueno, yo con biquini.

—Muy linda fiesta. Fue el año en que coronaron reina a Larissa Moritzen. De familia alemana, por supuesto.

—Bueno, yo soy también de familia alemana —dije.

Ambos volvieron a estallar en risas.

—Eres el primer alemán pobre que conozco —dijo él.

—Es que soy escritor. No tenía dinero para el bus. Bueno, tampoco para comida. La manzana ha sido lo único que...

—Dinos algo en alemán. Pero no *Guten Tag*. Algo bonito.

—Algo *schön* —se rió ella.

—Me sé un poema que justamente me enseñó mi abuelo. Es un poco largo. ¿Quieren que lo diga?

—Tenemos aún varias horas de viaje. ¿Te dará tiempo?

—Se llama *Oktoberlied*. Me acordé de él por lo de *Oktoberfest*. Pero no es muy festivo. Es un poco triste y un poco alegre. Melancólico.

—Da lo mismo que sea alegre o melancólico. De todas maneras no entenderemos nada.

Clavé la mirada hacia adelante pero no vi el paisaje. Era como si el poema estuviera escrito en el vidrio. Mi abuelo adoraba esos versos. Él nos hizo repetirlo hasta que mi hermana Renate y yo lo aprendimos de memoria.

Auswendig.

Después mi abuelo se vino a vivir a Santa Cruz y mi padre se fue a Buenos Aires y la mamá se casó con otro hombre en Renania y mi hermana se vino a vivir con mi abuelo en Santa Cruz y yo no lo vi más. Alguna vez hablé por teléfono con él y me invitó a trabajar en su exportadora de carne de vacuno. Me dijo que le gustaría que su negocio quedara en familia. Por eso había adiestrado a Renate en la organización de camiones que llevaban la carga hasta Porto Alegre. Yo le dije dos veces que no. Puede que mi abuelo se haya ofendido. Yo no quería trabajar en la exportación de carne. A decir verdad, tampoco quería trabajar en nada, sino ser solamente escritor. Aunque no había escrito mucho y lo poco que había escrito no lo ha publicado nadie. Así que no tenía trabajo ni era escritor. Es decir, era un vagabundo arriba de un camión, con poco pasado y con un improbable futuro, salvo que *Opa* me hubiera mencionado en la herencia a pesar del desaire que le hice cuando me ofreció trabajo.

—El poema —me golpeó la rodilla la mujer menuda.

—Perdón. Me había quedado pensando.

—El poema —dijo el chofer.

—En alemán —dijo ella.

Carraspeé y estimé atinado darle cierta solemnidad a mi recitado. Al fin y al cabo era uno de los poemas favoritos de mi abuelo en Santa Cruz y el texto estaba incluido en las mejores antologías de lírica alemana. Yo no era nadie, pero sentía que era un poquito más que nadie gracias a ese poeta del pasado que nunca me conoció a mí ni a mi abuelo. Llevábamos el mismo apellido del poeta, aunque yo al menos no había hecho nada por merecerlo. Hubiera preferido que la mujer me regalara otra manzana y acabarla de tres mascadas antes de incurrir en ese absurdo recital.

—«Oktoberlied», por Theodor Storm —anuncié.

Der Nebel steigt, es fällt das Laub;
Schenk ein den Wein, den Holden!

Wir wollen uns den grauen Tag
Vergolden, ja vergolden

Und geht es draussen noch so toll
Unchristlich oder christlich,
Ist doch die Welt, die schöne Welt
So gänzlich unverwüstlich!

Und wimmert auch einmal das Herz,
Stoss an und lass es klingen!
Wir wissen's doch, ein rechtes Herz
Ist gar nicht umzubringen

Me callé. Era como si recién ahora me diera cabalmente cuenta de que mi abuelo había muerto. La autopista se había vaciado, ya no había curvas, y el camión avanzaba a gran velocidad. La mujer extendió su brazo sobre mis rodillas y accionó la perilla para levantar la ventana. Entró un viento húmedo, tibio, y lo aspiré profundamente.

—Siga —dijo ella.

—¿Cómo?

—El poema. Siga con el poema.

—No me acuerdo más. Es decir, me acuerdo poco. Un verso sí, otro no.

—Pero nos dijo que era un poema largo.

—El poema es largo, pero mi memoria corta —me reí.

Sentí que esa risa era incómoda. Mis conductores —que hacía minutos habían literalmente estallado en carcajadas— ahora estaban en silencio. Como en un súbito trance. Tiré el resto de la manzana por la ventanilla.

Vi un cartel que indicaba la próxima salida a Porto Alegre.

La mujer volvió a pasar su brazo sobre mis rodillas y ahora cerró la ventana. Algo había pasado que el espacio así acotado era diferente al de antes. Habíamos estado locuaces y ahora estábamos demasiado mudos. Me sentí incómodo. Clavé la vista en el camino con la mente ausente.

—Muy lindo —dijo de pronto el chofer.

—¿Perdone?

—Muy lindo. El poema. Muy lindo. ¿Cierto, Bruna?

La mujer acomodó soñadora su cabeza en el hombro del conductor.

—Precioso —dijo.

Me froté fuertemente los párpados con mis manos. A medida que me internaba más en Brasil, más me confundía. ¿Era esta confusión la que había determinado que mi abuelo terminara su viaje a Latinoamérica estableciéndose en Santa Cruz?

Pero, en fin, yo no era de allí. Yo no entendía de camiones como mi hermana Renate, yo no sabía cómo se exportaba carne a Alemania, yo no sabía cómo seguir viviendo. Yo no sabía nada, pero hablé.

Neciamente hablé.

—El poema…

—Precioso —dijo la mujer.

El conductor hizo sonar la bocina para espantar a unas vacas que ocupaban parte de la pista.

—¿Cómo sabe?… ¿Cómo sabe usted si el poema *es precioso* si no habla alemán?

La mujer no cambió su posición. Seguía con la cabeza en el hombro del conductor y parecía a punto de dormirse.

—No tiene nada que ver —dijo.

—«No tiene nada que ver» —repetí, irónico.

El chofer indicó una señalización en el camino.

—Aquí nos apartamos para ir a Santa Cruz.

—Por mí sigan derecho. Pueden dejarme aquí.

No hizo ningún comentario. Tomó el desvío a Santa Cruz.

Pasamos por el parque de la *Oktoberfest* y luego siguió la indicación hacia la plaza Getulio Vargas. Eran las siete de la tarde y el sol poniente le daba a la ciudad un tono amable.

—¿Dónde queda la casa de su abuelo? —preguntó el chofer, detenido frente a un semáforo.

El inmenso camión ocupaba toda la estrecha vía.

—En Tiradantes.

—Está bien.

—¿La conoce?

—Soy de aquí. La conozco.

Avanzó media cuadra y se detuvo frente a una florería. Bruna pasó por encima de mí. Abrió la puerta y se bajó. La vi hablar vivazmente con la vendedora. La mujer le pasó un arreglo floral. Un pequeño círculo de hojas brillantemente verdes, con inserciones de rosas rojas y blancas.

Los automovilistas detrás nuestro protestaron con sus bocinas. El camión les bloqueaba la pasada. El chofer miró la larga fila de coches por el retrovisor, sacó la mano izquierda por la ventana, y les pidió calma con un gesto. No parecía inmutarse.

Era un hombre pequeño pero actuaba con una parsimonia digna de un boxeador corpulento capaz de trenzarse a puñetazos con todos los automovilistas furiosos.

Bruna trepó a la cabina, y yo le cedí mi espacio, quedando ahora entremedio de ambos.

Avanzamos por Tiradantes. Detuvo el camión precisamente en el número que le indiqué. Una casa con antejardín y cerca de madera. Bruna descendió y yo bajé tras ella. Sentí que el hombre apagaba el motor y lo vi venir a unírsenos en la vereda. Puse mi mochila en el asfalto y recibí el arreglo floral que Bruna me extendía.

—Para su abuelo —dijo.

—Para su abuelo —repitió el marido.

Se despidieron de mí con un palmoteo en los hombros. Tuve la sensación de que me iba hundiendo en un abismo de soledad. Me di cuenta de que el viaje había terminado y que en ese fin yo no estaba encontrando un principio. Vi al camión alejarse y doblar a la derecha en la esquina.

Solo entonces toqué el timbre.

Renate vino a abrir el portón. Apretó fuertemente mis mejillas y me besó la frente con dulzura.

—Llegaste, hermanito. Llegaste a tiempo.

Le extendí el arreglo floral y ahora con las manos libres acaricié su pelo castaño.

—*Schön* —dijo, tocando los pétalos de una rosa.

Nos quedamos mirando un largo rato. Entonces me envolvió en un abrazo y me susurró en el oído:

—Te quedas aquí, ¿entiendes?

—Aquí —dije, apretándola muy fuerte.

ÍNDICE

Cuando cumplas veintiún años 7

Chispas 19

El portero de la cordillera 35

Borges 61

Huso horario 77

Ejecutivo 87

Efímera 105

Una Navidad colombiana 111

El amante de Teresa Clavel 117

Corazón partío 141

Oktoberlied 149